2024年度文成县
文化精品扶持项目

玉壶令

胡晓亚 著

浙江工商大学 出版社
ZHEJIANG GONGSHANG UNIVERSITY PRESS

·杭州·

图书在版编目（CIP）数据

玉壶令 / 胡晓亚著. -- 杭州 : 浙江工商大学出版
社，2025. 3. -- ISBN 978-7-5178-6493-6

Ⅰ. I267

中国国家版本馆 CIP 数据核字第 2025U9A130 号

玉壶令
YUHU LING

胡晓亚　著

责任编辑	张　玲	
责任校对	杨　戈	
封面设计	朱嘉怡	
责任印制	祝希茜	
出版发行	浙江工商大学出版社	
	（杭州市教工路 198 号　邮政编码 310012）	
	（E-mail：zjgsupress@163.com）	
	（网址：http://www.zjgsupress.com）	
	电话：0571-88904980，88831806（传真）	
排　　版	大千时代（杭州）文化传媒有限公司	
印　　刷	浙江海虹彩色印务有限公司	
开　　本	880 mm × 1230 mm 1/32	
印　　张	7.625	
字　　数	184 千	
版 印 次	2025 年 3 月第 1 版　2025 年 3 月第 1 次印刷	
书　　号	ISBN 978-7-5178-6493-6	
定　　价	68.00 元	

故乡如歌（代序）

◎ 见 忘

　　所有的故事，大概都是从故乡开始的。在倒溯时光的镜头里，过往的视角总是会愈发清晰。若是以文字的形式记录，那诸多图景就会被抽象成情绪浓郁的表达。四五年前，起于与"淡墨文成"公众号的文字因缘，晓亚开始了书写故乡的行程。

　　之于故乡，晓亚的文字是绵密的，热爱深藏内里，那温暖的气息总不经意间从字里行间透出。而在她的絮絮念念中，一些逝去的旧物，抑或故人于文字里复活，令人触景生情、忧伤自觉。

　　不得不说，这样的文字非常适合抚慰异乡的人，甚至与异国的人同频共振：指尖摩挲，眼角风吹，心中已然。

　　两年前，晓亚完成了她书写故乡的第一本书《旧时光　很玉壶》。作为旧同事兼文友，在她的新书发布会上，我曾半开玩笑半认真地说道："晓亚是我见过最有文化的玉壶女子。理由是，她为玉壶的乡村著书立传，相当于给书中提及的那些乡村树了一座不朽的纪念碑。"

　　是的，玉壶是知名侨乡，有数以万计的华侨在异国他乡，秉承着勤劳吃苦的精神，创造了大量的财富，但同时他们亦不忘反哺家乡。故而，玉壶一带的经济就显得相对突出。只是就文化而言，玉壶似乎并不见长，而晓亚以女子独有的细腻把玉壶的美好景色以及藏于乡野的人文底蕴给展示出来，且言文行远，功莫大焉。

在玉壶的那方地图上，以故乡为圆心，晓亚开始不断探索自己的心灵世界。于现代城市化的大背景下，无论是游走国内，还是远赴国外，不少人的故乡似乎都是缺位的。离乡愈远，缺位愈甚。晓亚的写作，从某种意义上说，也是为这些人寻找故乡的根脉。

可以说，就第一本书而言，晓亚更倾向于个人的故乡寻找；而在这本书里，内容则有了更多延伸，故乡也更加广阔了。

从谋篇布局来看，本书是从玉壶的儿歌俚语开始的。俚语在我们那也叫"老古话"，就是古时传下来的特别有趣有意义的话语。在晓亚的记忆里，这些俚语涉及家庭情感关系，所以也是印象最为深刻的。

这些俚语有的被演绎成儿歌，像"火棍两头通，表妹嫁表兄。表兄流鼻涕，表妹不中意。表兄去打赌，表妹喝盐卤。表兄不成人，表妹嫁别人……"在晓亚的记忆中，小时候几乎人人都会唱《火棍两头通　表妹嫁表兄》，拔草时唱，喝酒时唱，挑水时唱，插秧时也唱……当然，有的还被演绎成故事传说，譬如《好个亲娘三双卵　毛个亲娘三火棍》。晓亚说，与这首儿歌有关的故事是赶千公讲的，地点在外楼大樟树下，时间是夏天的傍晚。

可以想象，这些记忆是让人上头的，特别是对那个时代那个地方的人来说。而当晓亚以文字的形式讲起这些时，童年与故乡也就变得具象化了，它入心入脑，让人肝疼得眼酸。

那就从这里出发吧，在晓亚文字的引领下，来到枫树坪这个美丽的地方。"……沿着一条块石铺成的古道向东前行，沿途古树老藤，枯枝黄叶。古道悠悠，慢慢地向前延伸，秋空如洗，远山青青。到了前方一处坪坦上，一个村庄出现在我面前……"

这是晓亚尝试着对故乡外延的探索。在这样的探索中，枫树坪的风景人文以及来龙去脉便随着晓亚的文字流淌而出。

这样的探索，接着还有五铺岭。"铺"是路程单位，十里为一铺。五十里的山岭，在玉壶一带是不大可能有的，这地名自然便是从故事演绎过来的。

故事说，从前有一支军队经过谈阳岭头准备去玉壶。因为不认得路，军官看见一个在田里劳作的男子就上前问道："此地到玉壶有多少路程？"男子怕玉壶民众遭殃，即巧妙回答："去玉壶要拐过九龙拐，爬上五铺岭，闯过四眼寨，掉进六号窟，转过老鹰暗，冲过十壁潭，走到五十墩，条底条不出。"军官听了，去玉壶竟然这么远、这么凶险，遂不敢前往。玉壶因此免遭灾殃。

山村里类似的故事亦有不少，说的是当地农民的智慧，其实也透露了曾经生存的艰难。历史过往，真真假假，假假真真。

晓亚继续如数家珍：五一上村，陌上花开，灿烂满地；项埠垟村，古道环绕村居，房屋散落田垟。时光仿佛又回到很多年前，一个小孩走了很多路后，眼前豁然开朗：成片成片的田垟翻着金黄的稻浪，和近处的村落、远处的青山相映成趣……

垟头村因位于北岸垟之首，故名。至于叶坪，是建村时，取叶寮和下小坪各一字为村名……

晓亚还写到了玉壶中学，那是她读书的地方，是她青春开始的地方。从玉壶外楼樟树下往南走（她生活的地方），沿着田间的鹅卵石古道蜿蜒前行，过玉壶镇小西侧和蛙蟆坑，只见沿途的稻子熟了，稻浪滚滚、稻香阵阵。风过处，同学们银铃般的欢声笑语洒落一地，暖暖的，如春日的阳光般明媚。举目向北，蛙蟆坑上方为鹅卵石垒砌而成的坎墙。拾级而上，一抬头，只见前方有四扇铁门，其上有四个蓝底金色大字——玉壶中学。那里有晓亚的青春记忆，特别清晰。

最后，晓亚写到了一座寺院——玉泉寺。清泉如玉，玉泉寺可以避暑，可以静心。那便是回到故乡的感觉。

晓亚把这本书取名为"玉壶令"，想来大概有"如梦令"的意思，令是短调，是可以歌唱的。无疑，故乡也是可以歌唱的。这歌是唱给我们听的，也是唱给她自己听的。

正如晓亚所说的，她的创作一直在路上。那就希望她创作如歌，一直唱下去吧。

CONTENTS

目 录

儿歌俚语

火棍两头通
表妹嫁表兄

　　在 20 世纪 80 年代前的玉壶，几乎人人都会唱《火棍两头通　表妹嫁表兄》这支歌谣，拔草时唱，喝酒时唱，挑水时唱，插秧时也唱……

　　后来，我也听过大峃、黄坦、峃口等地的歌谣，但都与玉壶歌谣有所不同。玉壶歌谣更散漫、更抒情，可以一直循环着唱，似乎没有开头也没有结尾，让你一听就有一种沉浸和失陷的感觉，欲罢不能，越听越觉得心酸，越听越想流泪。

外楼四面屋一角

　　童年的记忆里，第一次听到《火棍两头通　表妹嫁表兄》这首歌谣是在一次婚礼上。玉壶本地四面屋的一个小伙子结婚了，对方是他的表妹。小伙子的父母生养了三个儿子和一个女儿。因为家里穷，讨媳妇需要钱，小伙子的父亲就与自己的妹妹商量换亲。双方商定，把自己的女儿给对方当媳妇，到孩子成年的时候，就可以结婚了。于是在一个大雪纷飞的日子里，在阵阵唢呐声和轰轰轰的火铳声里，哥哥娶妻、妹妹出嫁这样的"喜事"同时进行。大姑妈告诉我，小伙子的表妹死活不同意，因为她知道小伙子嗜赌，以后的日子肯定不好过。可父母却寻死觅活，说如果她不嫁，她兄弟就娶不到老婆。那个表妹想死的心都有了，于是出逃到瑞安，但被父母找了回来，万般无奈之下才答应嫁给表兄。结婚当天，表妹无论如何都不肯出门，说死也要死在家里，不嫁给这样的表兄。父亲把她从楼上拖下来，

玉壶四面屋

拿棍子打她，左邻右舍见了都流下了眼泪。那天中午吃喜酒的时候，我看到那位新娘脸上没有一丝笑容，眼睛红红的。

酒至半酣，一位老爷爷忽然唱了起来："火棍（火棍，乃旧时烧火时用来吹火的一种器具，竹子所做，两端有孔。照玉壶方言，"棍"在此处发第三声）两头通，表妹嫁表兄。表兄流鼻涕，表妹不中意。表兄去打赌，表妹喝盐卤。表兄不成人，表妹嫁别人……"有人出来劝阻，说不该在这个时候唱这样的歌。可是那位老爷爷不听，还是一个劲儿地唱。

多少年后，我再回忆那歌声，只记得那声调很苍凉、很无奈，在四面屋里回荡着，久久没有消散。就这样，那位表妹怀着满心的无奈和痛苦嫁到了四面屋。

很多人都说这夫妻俩不般配：女的勤劳能干，会持家；而男的

好吃懒做，还嗜赌。说归说，同情又怎能当饭吃！后来的后来，小
伙子还是经常出去赌博。听住在小伙子家附近的人说，夜半时分，
经常能听到这对夫妻吵架，摔碗声、摔门声频频响起。隔壁邻居只
能摇头、叹息，却帮不上忙。

那位嫁到四面屋的表妹后来生了一个儿子和一个女儿，有时她
会抱着孩子坐在离我家不远的晒谷场上晒太阳，暖暖的阳光晒得人
身上每个细胞都活跃起来。表妹总会怔怔地看着孩子的脸，嘴里唱
着："火棍两头通，表妹嫁表兄……表兄去打赌，表妹喝盐卤……"
听着听着，我发现大姑妈和表妹的眼睛都红红的。只不过，那位表
妹没有喝盐卤，也没有像歌谣里唱的那样"表兄不成人，表妹嫁别
人"，而是一直守着这个家，艰难地拉扯孩子们成长。表妹吃过多少
苦、流过多少泪，没有人知道，人们只看到她终日忙碌的身影：山
上种地拔草，井边洗衣洗菜，扯着嗓子呼唤孩子回家吃饭……

记得一位诗人曾经说过这样一句话："忧郁是歌曲的灵魂。"很
多人都说，玉壶方言干脆利落，不拖泥带水。是的，玉壶歌谣唱起
来很有节奏感，一字一板。轻轻的一声，我就能从万千的声音中辨
别出来。是的，它就是我的玉壶，它就是我渴望听到的玉壶腔调。
我常常想，唱《火棍两头通　表妹嫁表兄》这首歌谣的人为什么都
那么忧郁？是无法抗拒命运安排的绝望吗？是无法与心上人相见的
失落吗？是满腹辛酸得不到倾诉的苦闷吗？所以只能用这首歌谣来
发泄、来倾诉，谁能说得清？谁能说得清？

周末，我有时也会回玉壶住上一两天。我家住在寿星桥桥头，
夜里偶尔会听到桥上有沉重的脚步声响起，然后有人唱起："火棍两
头通，表妹嫁表兄……"那唱腔里有一种穿透人心的力量。那是一
支万分无奈的歌谣，里面有一种既怨恨又无法排遣的忧伤，是一种
遥远的凄然的倾诉。寂静的夜晚，寂静的寿星桥桥头，会这样唱歌

的人不知道内心有多伤心、多绝望，听到这歌声的人心里也不知道要经历多少百转千回。那压抑的歌声一遍遍重复着，混合着芝溪的水声，向前、向前，令人不胜伤感。我不知道创编这首歌谣的人是一时兴起还是深思熟虑，他是否也有同样的遭遇？

在20世纪六七十年代的玉壶，"表妹嫁表兄"这样的情况不止一两家。有的因为是近亲结婚，生下的孩子或残疾或痴呆，给家庭和社会带来了一定的负担。有的定亲时，双方年龄都还小，可谓是"表

20世纪90年代玉壶一角　胡绍超摄

兄流鼻涕，表妹不中意"，但有什么办法呢？这些女孩在上学期间还会被知情者取笑，被叫作是"某某的老婆"。有的人因此不愿去上学，有的人因此自认为低人一等，不敢和同学们一起玩。

一位作家在作品结尾处谈及朱安夫人的悲剧人生时写道，鲁迅没错，朱安没错，鲁老太太也没错，错的是那个社会制度。如果按这种说法，那些"表妹嫁表兄"悲剧的形成，是否也可以说：错的是当时那个年代。

如今的我也已经唱不好《火棍两头通　表妹嫁表兄》了，但还是留恋那带有玉壶腔调的歌谣。只要有人哼起歌谣，我就会想起那些脸上带着忧郁神情的"表妹"，想起玉壶。这是我唯一依恋着、喜爱着却又唱不成调的歌谣。

一听到这歌谣，我眼里就有水一样的东西悄然滑落，不为什么，只为那些可怜的"表妹"，为她们的不幸遭遇而难过。如果你去玉壶，请听一听《火棍两头通　表妹嫁表兄》。他们唱着，你听着，这时，听和唱的双方都会沉浸在歌谣里，情不知从何而起，悲不知从何而来，眼里心里都会溢满泪水。

还好，如今的女孩子已经不会被迫嫁给表兄了。人们也已经意识到近亲结婚的危害性，法律也禁止这样做了。改革开放后，玉壶人民的生活有了天翻地覆的改变，群众的获得感、幸福感、安全感得到了提升。是的，这样的悲剧再也不会在玉壶上演了。

囡儿婿心肝蒂

冇鸡腿落茄蒂

　　玉壶方言中的很多字都是发第三声。比如"毛兔"这个词，玉壶人念"兔"是发第三声，珊溪等地的人则是发第四声。再比如"锯木板"，玉壶人说是"解板"。每当听人说起："为什么要把第四声的'锯'说成第三声的'解'？你一张嘴，我就知道你是玉壶人。"我都只是笑笑："乡音难改，没办法呀。"

　　不知为什么，总是在"秋雨梧桐叶落时"想起玉壶，想起芝溪，想起狮岩寨，想起店桥街，想起外楼那棵历经风风雨雨而依然挺立

佑善亭

的大樟树。也许只有在外楼四面屋那堵斑驳的石头墙前，在下新屋那排长草的瓦当下，在店桥岭那块青色的石板上，在佑善亭四面通风的亭子里……有些记忆才能被拉长、被拉远，梦回儿时。

20世纪70年代初，玉壶尚处于计划经济时期，家家户户都不富裕。因为孩子多，一件衣服常常是老大穿了老二穿，老二穿了老三继续穿。新三年，旧三年，缝缝补补又三年。一年到头难得吃上几顿白米饭。在这种情况下，如果家里来了亲戚，想要烧一碗点心，别说肉和鸡蛋了，有些人家甚至连面条也要去借。有一次，外楼四面屋的一位阿婆家里来了客人。阿婆让老伴陪客人坐在前门的椅子上聊天，她从后门出去到邻居家借索面。极度的贫穷会让人束手无策，没有真正经历过贫穷的人，是很难体会到这种无奈和辛酸的。一般囡儿婿（玉壶方言，女婿）来到丈母娘家里，丈母娘都会满心欢喜地去烧一碗点心来招待。那时候猪肉、牛肉少，但农村家庭大多养了鸡。客人来了就杀鸡招待，这是最好也是最热情的待客方式。"囡儿婿，心肝蒂。冇鸡腿，落茄（玉壶方言，指茄子）蒂。"这句俚语就是在这个特定时期、特定环境下产生的。

在玉壶，几乎人人都会说"囡儿婿，心肝蒂。冇鸡腿，落茄蒂"这句俚语。我第一次听到有关这句俚语的故事是在一个夏天的傍晚，地点在外楼日月亭。据《文成县纪事：1949—1999》记载：1978年，旅居香港的外村村民胡遇彩捐资1.4万元，在外楼建造日月亭。亭基及四周占地400多平方米，亭内槛凳有靠背栏杆，亭顶绘有戏剧人物。日月亭位于外楼的田垟中，每到夏天的傍晚，青蛙齐声鸣叫。"稻花香里说丰年，听取蛙声一片。"那时候没有电风扇、没有空调，我们吃过晚饭就来日月亭玩游戏，听大人讲古。那时日色慢，那时天地长，日子美好得就像夏天里的一阵凉风。

童年的记忆中，赶千公给我留下的印象是最深刻的。赶千公年龄与我父亲相仿，但因为辈分大，我们都叫他阿公。赶千公是退伍军人，曾担任玉壶公社民兵连连长，平时在小宗祠碾米厂碾米，赚取工资养活自己，因家境贫穷没有娶妻生子，平时喜欢到外楼樟树下、枫树下和日月亭等人群聚集的地方坐坐。他一来，我们就围了上去："阿公，讲古。阿公，讲古。"于是，他慢悠悠地从腰间取下一支长长的烟筒，从口袋里摸出一个小纸包，用右手的拇指、食指和中指拈了一小撮烟丝，"啪"的一声擦燃一根火柴，点着烟丝，抽了一口，露出满意的神色。而后，悠长的故事就开始了：从前呀，外楼有一个员外，生育了三个女儿。这三个女儿呀，个个长得如花似玉。前来做媒的人都快要把门槛踩烂了，员外啊就千挑万选。大女儿嫁给大壤的一个农民，大女婿虽然穷，但很聪明，能说会道，是种田好手；二女儿嫁给吕溪的一个手艺人，虽然家境一般，靠手艺活过日子，

外楼日月亭　引自《文成县地名志》

但人很勤劳；三女儿也长大了，父母也想为她选一个好夫婿。玉壶
周边山上有一个地主，其儿子年龄与员外的三女儿相仿。我们姑且
称之为三女婿吧。却说这三女婿从小娇生惯养，衣来伸手、饭来张口，
整天只知道到处玩，可毕竟是有钱人家的孩子，想把女儿嫁给他的
人多着呢。三女婿的父母托媒人上门提亲，员外夫妇很是开心，收
了彩礼定了亲。过了几天，员外夫妇传话给三女婿，说是要考考他
的说话能力。

　　赶千公说了一大段话后，便会停下来抽几口"烟酒"（旱烟）。
我们就一个劲儿地往前凑，催着"快讲，快讲"。赶千公继续往下讲：
三女婿很笨，连话也说不好。其母心想，怎样才能让员外夫妇中意
自家儿子呢？对，还是想办法让儿子去学说话吧。一天早上，母亲
给儿子准备了三个饭团，告诉他："你带着饭团外出找人学说话。谁

玉壶李山

的话说得好，你就送给他一个饭团。记住'好话不过三'，你能学到三句好话就行了。"三女婿很听话，带着饭团走出家门。他沿着蒲坑殿往李山方向走，经上垟岭、炭场，往枫树坪走去。却说古时候枫树坪一带到处是崇山峻岭，林间野兽出没。此时有一只狐狸正在树林里玩，三女婿的脚步声在石子路上"咚咚咚"响起，惊动了狐狸，它探头探脑，四下张望。一位农民正在田间挖番薯，见此情景，停下手中的锄头，说："花面茅狸（玉壶方言，指狐狸）张东张西。"三女婿听到了，觉得这句话说得好，就想用一个饭团买下这句话。于是三女婿赶忙上前，说："兄弟，兄弟，你刚才说什么？你再说一遍。我给你一个饭团，你教我说这句话。"那位农民愣住了，不过此时他肚子正饿着呢，一看到对方拿出饭团，馋得直流口水。"你是说刚才那只茅狸？你看，茅狸是花面的，正看看这、看看那，所以叫'花面茅狸张东张西'呀。""对对对,我就买你这句话。给你,饭团给你。"
农民接过饭团,边吃边感叹,天底下竟然有这样的好事。三女婿满
心欢喜,嘴里念着"花面茅狸张东张西"这句话,迈开大步继续前
行。他走呀走,来到了林龙,只见一位老农赶着一头老牛在小路上
走着,到了一处下坡路,老牛一脚踩空摔倒了。老农说:"老牛翻坦
(玉壶方言,指摔倒)四脚朝天。"三女婿一听,觉得这句话也不错,
于是他又用一个饭团买下了这句话。就这样,他继续前行到了李山。
在一条小溪边,一条黄毛狗蹚过浅浅的溪水后,正抖抖身子甩甩水。
一位老翁坐在树下休息,见此随口道:"嘎狗(玉壶方言,指狗)过
水抖身毛羽(玉壶方言,指动物身上的毛)。"三女婿一听,心想这
正是我要学的话呀。于是,他三步并作两步跑上前去,躬身说:"老
人家,我想用一个饭团买您的这句话。您再说一遍,好吗?"老翁
又好气又好笑,但看到那雪白的饭团,一下子就开心起来了。"好好好,
我就再说一遍——嘎狗过水抖身毛羽。记住了吗?"三女婿连连点头:
"记住了,记住了。"三个饭团买了三句话,三女婿越想越高兴,转
过身便往回走,一路上还不时地哼着小曲儿。

　　说到高兴处,赶千公还会手舞足蹈。我们也开心得不得了,继
续听他讲古:既然学了话,就可以去丈母娘家里走走了,于是三女
婿约上大女婿和二女婿一起来到员外家里。岳父岳母一见他们,自
然是高兴得不得了。玉壶有句俗语:囡儿婿,半个子。人老了以后,
囡儿婿也是半个依靠呀。那时候玉壶本地有个习俗:周边山上的亲
戚来家里做客,要烧点心招待。丈母娘让三个女婿坐在门口的一爿
"木"(玉壶方言,指一块长方形的木头横放在几块石头上,人们可
以坐在上面歇息、闲聊)上休息,自己便去厨房里烧点心了。那个
年代,家家户户的生活都不富裕。丈母娘在菜橱里找呀找,只找到
了一个鸡腿。而坐在门外的三女婿正在跟人聊天:"以前我妈和我爸

老是怪我不会说话，前几天我去学说话了。"大女婿问："真的，你学什么话了？"却说此时，丈母娘正在为三碗点心只有一个鸡腿而发愁，这鸡腿该给谁呢？她一边烧火，一边从厨房里探出头来看看门外的三个女婿。三女婿恰好也往屋里瞅，看到丈母娘这个样子就说："花面茅狸张东张西。"大女婿和二女婿看看丈母娘，又转过头来看看三女婿，面面相觑，不知如何是好。三女婿见此好不得意，说："我说得好不好？""好好好。"大女婿和二女婿只得连连点头。

赶千公讲得很带劲，我们也听得津津有味：故事再回到丈母娘这里。丈母娘心想：三女婿最富有，又是老幺，这鸡腿应给他。其余两个女婿的面条里就各放上三个落茄蒂。烧好了面条，丈母娘把三个女婿叫进屋里，把那两碗有落茄蒂的面条端到大女婿和二女婿面前，把底下藏有鸡腿的那碗面条放在三女婿面前，并说："囡儿婿，心肝蒂。冇鸡腿，落茄蒂。"丈母娘刚说完就转身走了，不想脚下一滑摔倒了，一下子四肢朝天，因为上了年纪，半天爬不起来。三女婿说："老牛翻坦四脚朝天。"此情此景，大女婿和二女婿再也忍不住，"噗"的一声把吃进嘴里的面条都喷了出来，现场一片混乱。再来说说丈母娘，摔倒在地之后，尴尬归尴尬，总得起来呀。丈母娘挣扎着，好不容易从地上爬了起来，于是走出后门拿起拦腰掸掸身上的灰尘。却说后门有一条水沟，因为雨天路湿，丈母娘脚步一滑，一不小心掉了进去。"呀，呀……"她大叫着，挣扎着，三个女婿听到叫声，急忙赶过来，慌慌张张地拉起丈母娘。没想到三女婿指着丈母娘说："嘎狗过水抖身毛羽。"此时，隔壁邻居听到声响都赶了过来。众人纷纷议论，这三女婿怎么能这样讲话呢？这也太不尊重长辈了吧？三女婿面对大家的质疑，高声说："这些话是我用三个饭团买过来的。"众人哄堂大笑。就这样，岳父岳母对三女婿颇有微词，托人带话给三女婿的父母，叫他们要好好管教这个儿子，不然，就要退婚了。

赶千公还说，后来，三女婿的故事成了"古世传"（玉壶方言，属于贬义词，指一直流传下来的笑谈），玉壶人说谁不聪明，就会说：你呀，跟三女婿差不多。由此，"囡儿婿，心肝蒂。冇鸡腿，落茄蒂"这句俚语也就这样传了下来。

这些带有地方特色、用玉壶方言讲述的故事在玉壶的土壤中萌芽，经过岁月的打磨加工，最后都成了一代又一代人的珍贵回忆。前几天，我问大岢和珊溪的朋友，是否会念"囡儿婿，心肝蒂。冇鸡腿，落茄蒂"这句俚语，他们都说基本上每个人都会念，这是祖辈流传下来的。

流传下来的故事说完了，我们再来说说现实中的故事。那时候，一个鸡腿或一碗猪肉是很珍贵的。儿时的我节假日住在大姑妈家里，上学期间住在外婆家里。外婆有两个女儿：姨妈和我母亲。因为我的父母常年在外地，童年的记忆中，每当姨父来家里，外婆都会笑眯眯的，嘴里念叨着："囡儿婿，心肝蒂。别人都说'冇鸡腿，落茄蒂'。我有鸡腿，有鸡腿给囡儿婿吃哦。"40年过去了，姨父来家里的那种快乐气氛，外婆的那份高兴劲儿，还一直在我眼前浮现。

姨父家住原大壤乡南坑村，偶尔会来玉壶买日用品。每次只要姨父一过来，外婆就会拿出家里好吃的食物来招待。我12岁那年的正月，姨父让表姐来外婆家拜年，他自己没来。正月里，外婆一般会宰一只鸡招待客人。一旦客人来了，外婆就会煮一碗面条，最上方放一个鸡腿和几片肉。那时候，主人和客人之间会有这样一种心照不宣的默契：客人会说，吃不了这么大碗的面条，然后拿一个碗，把鸡腿和肉夹出来。这样，客人最终只是吃了面条和一两片肉。那个鸡腿就这样一次次被客人夹出来，又一次次放在面条里煮，最后还是原封不动，保留了下来。到了正月初十左右，已经没有客人上门了，即便如此，那个鸡腿，外婆自己是绝对舍不得吃的，怎么办呢？

吃过中饭以后，外婆把鸡腿和肉倒进锅里炒了一遍，拿出一个八角碗盛了，放在一个米粮桶（玉壶方言，指木头做的、用来送点心的一种器具）里，叫我送到南坑，说是给姨父吃的。因为之前我已跟着姨妈多次去过她家里，所以很熟悉这条道路。我提着米粮桶，从底村门台口（外婆家）出发，经梅园路口、三官亭、古路田、下个坦、上个坦、拔稻窟、潘山桥、五铺岭、半岭、胡岙桥、过岭头宫、灯笼垟、大庄尾、上泰元、泰山、岩坦岭，然后到达南坑。玉壶至南坑的山路到底有多长？不知道。我只知道每次去南坑，路上都不敢逗留，也不敢跟路人打招呼，一直不停歇地走，要将近两个小时。如今再想想这些往事：为了让姨父吃到这一碗肉，外婆花了多少心思？也许在外婆的心里，姨父很重要，花再多的心思也值得。毕竟是"囡儿婿，心肝蒂"呀。这碗肉送到姨妈家里，我会特意交代：外婆说了，是给姨父吃的。姨妈要烧点心给我吃，我怕时间来不及，如果天黑了还在路上，那是很吓人的。于是，我无论如何也不让姨妈烧点心，拿过米粮桶，一路飞奔着回家。一般来说，我都能在天黑之前回到底村。给姨父送点心，这件事我一连坚持了好几年。直到外婆去世了，我送点心的任务才结束。

到底有没有人用落茄蒂代替鸡腿招待囡儿婿，谁也说不清楚了。如今家家户户生活条件好了，只怕是鱼肉吃多了不好消化，丈母娘再也不必准备鸡腿等囡儿婿了。不过在农村，有时候囡儿婿过来了，隔壁邻居或亲朋好友也会来插科打诨一番："囡儿婿，心肝蒂。冇鸡腿，落茄蒂。你准备了啥好东西招待囡儿婿呀？"

光阴滴落在玉壶栋的鹅卵石上，滴落在朝青山杨梅树的叶子上，滴落在玉壶酒厂的屋檐上，滴落在茂潭清清的溪水中，溅出细细的碎片，留下永恒的过往。我们在光阴里相聚于玉壶，又在光阴里走

玉壶酒厂围墙

向远方寻找未来。如若有空，你可会去玉壶，听听带有玉壶口音的
这些俚语。"少小离家老大回，乡音无改鬓毛衰。"是呀，无论走到
哪里，乡音方言都根深蒂固地伴随着我们的一生。也只有在乡音里，
我们的心才能宁静，才能平和，才能在无尽的秋光中怀念起那时的
雨露和阳光。

好个亲娘三双卵
毛个亲娘三火棍

　　20 世纪 70 年代末，家住玉壶本地的孩子几乎人人都会唱一首名为《好个亲娘三双卵　毛个亲娘三火棍》的儿歌，躺在门板上乘凉时唱，拔草时唱，上下学时唱，玩耍时也唱："燕阿燕，飞过殿。天门关，飞过山。山平地平，飞过老林。老林蜕壳，飞过大岂。大岂抬娘娘，抬过红瓜场。红瓜场打铁，打把交剪裁衣裳。衣裳裁起姆姆穿，姆姆穿起拜亲娘。好个亲娘三双卵，毛个亲娘三火棍……"

　　在玉壶方言里，"好的"叫作"好个"，"坏的"叫作"毛个"，

"蛋"被说成是"卵"。而喊对方"亲娘"的还有女婿、干儿子。"好个亲娘三双卵，毛个亲娘三火棍"的意思是：女婿、干儿子到亲娘家里做客或拜年，好的亲娘会煮三双鸡蛋给女婿和干儿子吃；坏的亲娘则会拿起火棍打女婿和干儿子，甚至将其赶出家门。

这儿歌到底是谁教我们唱的？已经忘了。我只记得那个与《好个亲娘三双卵　毛个亲娘三火棍》有关的故事是赶千公讲的，地点在外楼大樟树下，时间是夏天的傍晚。

外楼大樟树　胡绍超摄

　　我家在外楼四面屋，距离大樟树约有 50 米。一年四季，春夏秋冬，大樟树下都是人群聚集的地方，外楼人有事没事都喜欢来这里坐坐，聊聊东家长西家短。那时候没有电风扇，没有空调，夏天最好的乘凉方式就是跑到大樟树下或大枫树下，坐在阴凉的石墩上听人讲古。

　　赶千公很和善，平时有空就到大樟树下坐坐。只要他一来，我们就立即围了上去："阿公，阿公，今天讲什么故事呀？"我们紧紧拉住他的衣角，在他身边转来转去。"今天讲《三女婿学讲话》的故事，

大樟树下

坐好了。"赶千公一边说着，一边坐在大樟树下的石墩上。我们就前后左右紧紧地将他围了起来。

　　赶千公深吸了一口烤烟，然后开始讲故事："上一次我们说到了三女婿生搬硬套所学的话让丈母娘生气了。这次我们就继续这个话题。话说三女婿的父母得知亲家生气了，也急了。这可怎么办呢？员外家的女儿如此聪明伶俐，还家境富裕，错过这个村，可没那个店了。自己的儿子个子不高，话说得也不好，想要娶到员外家的女儿，就得让儿子好好学说话呀。该跟谁学呢？对，去找话说得好的人学。上次带的是饭团，这次要带银圆。于是，其母给了儿子四块银圆，并告诉他一定要好好学。那时候，四块银圆可是一笔不少的钱呀。当年玉壶本地有人典妻三年，才得了三块银圆。三女婿也知道这四块银圆的分量，于是选了一个风和日丽的好日子，又外出学说话了。三女婿这次是沿着底村杨村垟的那条田间小路走的，经过三港殿和东溪末口，沿着金山岭古道前行……"金山岭古道位于东溪末口至孔坑坳头之间，是古时候玉壶村民去往瑞安的主要通道。该古道建于清代，东北走向，路面由鹅卵石铺就，全程约5千米，路面宽约1.2米。古道蜿蜒曲折、陡峭，因途经金山村，故名金山岭古道。金山岭古道向上经过孔坑坳头可通往瑞安市东岩，向下可达玉壶镇和大峃镇。沿途有两座路亭，分别为路口坪亭和金山岭下个亭，路旁有数株枫树和苦槠树。古道两侧森林植被丰富，鸟鸣山涧，环境清幽。

　　赶千公说着说着，有时会停下来，抽几口烤烟，再接着说："说来也奇怪，刚出门时是艳阳天，这会儿却乌云滚滚，不一会儿竟然下起雨来了。金山岭边上有个名为陈前代的小村庄，其下就是石壁。一个樵夫刚好砍了一担柴，正急匆匆地往家里赶。雨越下越大，三女婿没带伞，只得急忙找地方躲雨。远远地，樵夫叫了起来：'落雨了，落雨了。雨打岩坦皮（玉壶方言，指巨大的石壁），雨打岩坦皮。'

东溪末口碇步　胡绍超摄

三女婿一听，心想：这句话好呀，朗朗上口，值得买。于是，他疾步向前，拦住了樵夫：'停一停，停一停，我要买话。我要用一块银圆买这句话。'此时大雨滂沱，樵夫浑身湿淋淋的，身上的担子也越来越重，他只想着快点回家，没想到半路上还被人拦住了，急得大叫：'干吗？干吗？'三女婿说：'买话，买话。我要买你的话，你把刚才的话再说一遍，我给你一块银圆。'樵夫很纳闷：什么话，刚才没说什么话呀？三女婿说：'你刚才说，落雨了，落雨了。'樵夫说：'哦，雨打岩坦皮。你看，雨落下来，打在岩壁上，岩壁就是岩坦呀。

金山岭古道

雨打岩坦皮，记住了吗？'三女婿高兴地说：'对对对，就是这句话。给，给你一块银圆。'樵夫摸摸脑袋，心想：这不是做梦吧？这句话居然值一块银圆？天底下竟然有这样的好事？樵夫大喜，于是一个字一个字地教，三女婿终于学会了。樵夫接过银圆，怕他后悔，赶紧挑着柴一溜烟地跑了。三女婿沿着金山岭一直往上走，来到了一平坦处，见一个农民正在田里劳作，就问这是什么地方。农民告诉他，这里是路口坪。这时三女婿觉得口渴了，就走进路边一户人家讨水喝。院子里，有一只公鸡正在啄番薯。一个妇人从上间（玉壶方言，指堂屋）出来，指着公鸡笑着说：'哦，鸡荒（玉壶方言，指公鸡）刀（玉壶方言，在这里念第二声，啄的意思）番薯。'三女婿两眼一亮，这时竟然忘了讨水喝，对妇人说：'你教我说这句话，我给你一块银圆。'妇人说：'什么话？'三女婿说：'就刚才的话。'妇人看到三女婿从口袋里掏出一块银圆递过来，高兴得不得了，急忙接了过去，然后逐字地教。三女婿开心极了，一边嘴里念着'雨打岩坦皮，鸡荒刀番薯'，一边急急地往外走。"

赶千公说到高兴处，还伸出手比画着。我们则是饶有兴致地盯着他的脸，静静地听着。"三女婿又沿着金山岭一路走呀走，到了前方的一个村庄——茅草坪，看到边上有一户人家，就想进去避避雨、歇歇脚再走。这是一个农家大院，上间摆放着各种农具和农家用品，有犁、牛轭、谷箩、番薯箅等。一个妇人正坐在织布机上织布，一只筛子挂在板壁上，一只稻桶盛满了谷子放在地上。三女婿好奇地看看筛子，又看看稻桶，他不认得这两样东西。于是，他指着稻桶问：'这是什么呀？'这么简单的问题，还要问？妇人有点不耐烦，没好气地说：'你这个务铳（玉壶方言，指笨蛋），这就是务铳。'三女婿记住了：这是务铳，务铳凳上间（玉壶方言，指放堂屋里）。他又指着挂在板壁上的筛子问道：'这是什么呀？'妇人说：'皇天呗，哎哟，

陈前代老屋

你怎么老问这样的问题？'三女婿不敢再问，只是在心里默默地记住了：这是皇天，皇天挂板壁。三女婿掏出两块银圆递给妇人，说：'你教我说话，我给你钱。'妇人不要，并表示自己没教什么话。三女婿还是将银圆硬塞给了妇人。这时，雨也停了。三女婿想：学了四句话，花了四块银圆。值了，值了。于是，他开开心心地转身走下金山岭，

走过东溪末口，走过杨村垟，回到自己家里。"

听到开心处，我们咯咯笑着，赶千公继续说着："却说三女婿回到家以后，那雨又下了，滴滴答答一直不停歇。翌日，三女婿又约了大女婿和二女婿到了员外家里。此时，丈母娘正在厨房里做饭，三女儿在用擀面杖擀面。三女婿一进门就说：'岳母，我学会说话了，你的女儿该嫁给我了吧？'员外夫人说：'我女儿还没过门，你怎么叫我岳母呢？你学会什么话了？''来来来，我说给您听听。'三女婿拉着岳母到了上间，只见岳父正坐在一张竹椅上休息。此时，一只公鸡正在上间的空地上啄番薯，外面的绵绵细雨打在道坦的条石上，一只筛子挂在上间的板壁上。三女婿说：'我学会作诗了。'岳母说：'那你说来听听。'三女婿依次指着条石、公鸡、岳父和筛子说：'雨打岩坦皮，鸡荒刀番薯。务铳凳上间，皇天挂板壁。'边上的大女婿和二女婿再也忍不住，捧着肚子哈哈大笑起来。一位老伯走了过来，看了看三女婿笑嘻嘻地说：'头发立起（玉壶方言，指梳起来）光溜溜，虮子挂落（玉壶方言，指挂下来）荡秋千。人啊，生得矮，摘落茄还要背楼梯。'听着别人毫不避讳地奚落，三女婿也不恼，反而乜斜着眼睛，哼哼了几声。那意思很明白：

我什么地方说错了？三女婿的一言一行终于惹恼了岳母岳父。只见岳母勃然大怒，离开上间回到屋里，随手从灶膛里拿起火棍，狠狠地打在三女婿的屁股上：'你这个务铳，我的囡如果嫁给你这样的务铳，岂不害了她一生。我的囡不会嫁给你，给你三火棍。你走，你走，再也不要来我们家了。'就这样，丈母娘赶走了三女婿，转身立马满脸堆笑地对大女婿和二女婿说：'我给你们俩煮鸡蛋，每人三双卵。'结果，大女婿和二女婿每人吃到了六个鸡蛋，而三女婿却是挨了三火棍。故事就这样流传了下来。"

讲古结束了。夜深了，人静了，大樟树下有的人打起了哈欠，有的人伸起了懒腰。该回家了，我们走下台阶。"走喽，回家喽。"小伙伴们互相告别，嬉闹着走过大樟树，走过外楼路，蹦蹦跳跳回家了。外楼四面屋的道坛上，并排摆放着一块块门板，我们走过去，躺在门板上，念念儿歌，看看月亮，数数星星，然后迷迷糊糊地睡着了。

这些带有玉壶特色的故事经过了一代又一代的流传，有些内容缺失了，有些内容增加了，但最基本的那部分还是被保留了下来。

在玉壶，女婿或干儿子来，亲娘烧六个鸡蛋外加几颗桂圆或荔枝，便是绝好的待客方式，相信不少人都吃过。不过，在现实生活中，我也曾见过丈母娘拿起火棍打女婿。不信，你且听我说一说。

20 世纪 70 年代中期，玉壶本地人家一般都很穷，番薯丝和稻谷根本无法维持一家人的温饱。玉壶本地田地少，大山里田地多，因此许多父母都想把女儿嫁到大山里，以期能吃上几顿饱饭。

家住玉壶本地的阿云刚刚成年，长得如花似玉，但因为祖辈被定性为"地主"，成分不好，所以来阿云家里做媒的人也不多。阿云的父亲希望女儿能嫁给贫农，以提高家庭的社会地位。有一天，亲戚来串门，说离玉壶十多千米的山里有一户人家是贫农，家里有一

山村民居

个名为阿秋的儿子已成年，想娶一房媳妇，不计较女方的家庭成分。阿云的父亲想都没想，满口答应把阿云许配给阿秋。阿秋父母赶紧送来两斤红糖和两块布料，这就算是定了亲。因为没见过男方，再加上听说男方住在山里，阿云是一万个不乐意，多次跟母亲说起这件事，表示不愿意嫁。其母是开明之人，也觉得不妥，于是也反对这门亲事。

　　过了几个月，阿秋来天妃宫卖柴火，就顺便去玉壶供销社买了两斤带鱼，送到阿云家里，说是来认识认识。阿云的父亲一见阿秋就笑眯眯的，而母亲和阿云则爱搭不理，说起话来也是夹枪带棒的。阿秋住在山沟沟里，想到自己竟然能娶到玉壶本地姑娘，本来就满心欢喜，当天一见阿云更是越看越欢喜。所以阿云母女俩说什么，他也就顺着说什么。

门前溪枫树下　胡绍超摄

　　当时，阿云母亲正在煮黄瓜。阿云说，最好把黄瓜皮削了，这样会好吃一些。阿秋赶紧说，对，黄瓜削了皮更好吃。阿云母亲说，削皮太浪费了，还是连皮一起煮吧。阿秋又急忙接话说，对对对，不要削皮，太浪费了，黄瓜皮也好吃。本就有一肚子气的阿云指着阿秋说："你这个树毛栗（玉壶方言，指别人说什么也顺着说什么），别人说风，你也跟着说风。别人说雨，你也跟着说雨。走，你走。"阿云母亲本就与女儿同心，见此情景，抄起身旁的火棍一下子就打在阿秋的屁股上，说："走，走，走，女儿不嫁给你。"阿秋被阿云母亲催赶着，闷闷不乐地从后门走了出去。只听得身后"嘭"的一声，原来是阿云拎起阿秋送过来的带鱼，统统扔到了后门的鹅卵石路上。随后，"咣"的一声，阿云家的门也关上了。阿秋快快地离开了。最后，阿秋还是没有娶到阿云。

故事到此结束了。这些都是童年时期听过或见过的故事。童年很美好，可一旦过去了就再也回不来了。不知哪位作家曾说过这样一句话：童年是一场暴雨，即使浑身湿透了，即使感冒了，可我们还是愿意再淋一次雨、再感冒一次。只是这场雨已经下过了，下过了就再也不下了……是的，童年这场暴雨再也不会淋湿我了。因为时间已经对我这般年纪的人下了手：眼角有了皱纹，鬓角有了白发，身心历经沧桑。

如今，我只能偶尔回到玉壶，回到外楼四面屋，回到外楼大樟树下，回到门前溪枫树下……大樟树和枫树下那两盏昏黄的路灯，在蒙蒙细雨中照进我的心头。一切都变了，大樟树和枫树下的石墩已经变了样，当年讲古的人也已经走了，只有那昏黄的灯光似乎在诉说着岁月的流逝和时光的不可逆转。

站在外楼四面屋的道坦上，依稀之间，我仿佛听到了大姑妈喊我的声音，那是世界上最美的声音："猴驮（玉壶方言，指猴子）囝，回来吃饭啦。"依稀之间，我记起了挂在外楼四面屋屋檐下的番薯藤和黄豆荚，道坦上的一爿爿门板，以及躺在门板上乘凉的孩子。依稀之间，我想起了《好个亲娘三双卵　毛个亲娘三火棍》这首歌谣："燕阿燕，飞过殿。天门关，飞过山。山平地平，飞过老林。老林蜕壳，飞过大岢。大岢抬娘娘，抬过红瓜场。红瓜场打铁，打把交剪裁衣裳。衣裳裁起姆姆穿，姆姆穿起拜亲娘。好个亲娘三双卵，毛个亲娘三火棍……"

"滴人滚"和"滴人喜"

　　身处异地的你，有多久没说方言了？明朝诗人李昌祺在《乡人至夜话》中写道："形容不识识乡音，挑尽寒灯到夜深。故旧凭君休更说，老怀容易便沾襟。"是呀，虽不识来者，但闻其声已觉熟稔。同在一个村庄或一个乡镇长大的人，总会因为一些事或一些俚语而产生共鸣。

　　在文成，我们时常能听到有人说"这个人真是滴人滚""这个人是滴人滚代""这个人真滴人滚相"。此时，说话之人脸上一般都是没有笑容的，有的还露出几分不屑的神色。所以"滴人滚"这个俚语是带有讨厌、惹人嫌的意思的。

平时我们经常能见到这样一种情形：父母带着天真活泼、乖巧可爱的孩子在路上走，不期然遇到一个熟人，孩子奶声奶气地喊着："叔叔好，阿姨好。"此时，对方会说："这孩子真是'滴人喜'，真'喜人面'。""滴人喜"和"喜人面"表示这个孩子很可爱、很讨人喜欢。

一位长者告诉我，"滴"与"得"谐音。"滴人滚"其实就是"得人滚"，而"滴人喜"其实就是"得人喜"。这种说法是对是错？我无法判断，但觉得此话有一定的道理。

在我的记忆中，第一次听到"滴人滚"这个词是在六岁那年，被人说"滴人滚"的是我家隔壁的阿本婆。

那时候，有两个日本女人嫁到了玉壶外楼：一个是住在外楼四面屋的阿本婆，另一个是住在小宗祠的阿婆。阿婆有名有姓，很受村民的敬重。外楼人说，阿婆颇受娘家人的照顾，是"滴人喜"。后来在娘家亲戚的帮忙下，其子女都去了日本，并过上了好日子。而阿本婆因为不识字，无法与娘家人联系，再加上孩子都不在身边，无人照看，慢慢地，就有人称其为"滴人滚"。

我家在外楼四面屋的西北角，阿本婆与我家仅隔了一层木板。房子前进（指建筑的前部或前厅部分）的楼下是她家的，楼上则是我家的；房子后进的楼上楼下又都是阿本婆的。楼上的木板有空隙，阿本婆和阿育公说话，我们在楼上听得一清二楚。外楼四面屋属于四廊走马结构，东南西北四个方向都可以通行。我家楼下既是住家，又是走廊，平时人来人往，颇为热闹。阿本婆时常来我家走动。有时，一些人会说："这个'滴人滚'又来了。"阿本婆是日本人，她是怎么来到玉壶的？又怎么被称为"滴人滚"的呢？欲知前事如何，且容我细细道来。

外楼四面屋一角

　　阿本婆的老公叫阿育，因为辈分高，大家都称其为阿育公，我们小孩子也跟着这么叫。阿育公得过小儿麻痹症，并因此留下了后遗症——脚瘸了。于是，阿育公就有了一个绰号——撇脚育（玉壶方言里的"撇"指"瘸"的意思）。20 世纪 20 年代，阿育公家里很穷，但他会做木工，就与朋友一起前往新加坡凭手艺赚钱，不久又辗转前往日本。其间，阿育公遇到了阿本婆。阿本婆真名为金美子，家住乡下，在东京打工。金美子个子不高，但清纯可爱、生性善良，尤其是那一双大眼睛清澈透亮。阿育公被深深地吸引，并爱上了她。

如何得到日本姑娘的垂青，并让她同意随自己回中国呢？阿育公左思右想，绞尽脑汁。

一天晚上，金美子在灯下做事，阿育公说："在日本，家家户户都要点一盏灯；而在我们中国，有一盏灯高挂在天上，把所有的地方都照亮了。在我老家后门有一艘轮船，顺着水直接往外漂，可好玩了。还有我们那里的大米有三寸长，你肯定没见过。我带你去看一看，好吗？"阿育公一边说，还一边用手比画着。金美子一听，中国这么好，行呀，去看看吧。有人说，当时金美子的父母说什么也不同意。毕竟那时候交通落后，远赴异国他乡，要跨越千山万水，这要花多少时间、多少精力呀？可金美子却是铁了心要跟阿育公来中国。无数次吵闹后，金美子跟父母决裂，义无反顾地跟着阿育公回到了玉壶。也有人说，金美子是孤儿，没有父母。到底哪种说法是对的？就无从知晓了。一路上，他们经历多少艰难险阻，那是可想而知的。到了瑞安营前，他们俩沿着东坑、林坑口、上店、木湾、后山、岭头垟一路跋涉到了玉壶外楼。

外楼四面屋虽说比一般民房好一些，但生活条件也是一般。面对此情此景，金美子问：那盏高挂在天上的灯呢？阿育公说：是月亮，那月亮一到晚上不就出来照亮大地吗？金美子问：轮船呢？阿育公说：就是后门水沟里的那只番鸭呀，每天在水沟里漂呀漂的。金美子又问：三寸长的大米呢？阿育公说：就是番薯丝呀，它不是有三寸长吗？事已至此，金美子也就既来之，则安之，安下心来跟着阿育公过上波澜不惊的日子。玉壶人喊名字，喜欢把第一个字喊成"阿"，比如阿英、阿红等。金美子，金美子，这名字不好叫呀，既然是日本人，就叫阿本吧。于是，外楼人就"阿本，阿本"地叫开了，也有人图方便，单叫一个"本"字。阿本总是乐呵呵地答应着，而我们则称其为阿本婆。

外楼四面屋南侧一角

　　由于身处异国、语言不通，阿本婆只能做些粗活；阿育公身体也不好，偶尔会出门帮人做木工赚点工钱。夫妻俩的生活极其贫困。阿育公和阿本婆生育了三个儿子，大儿子自己养着，次子和三子都被人抱养了。20世纪50年代，农村开展农业社会主义改造，粮食是按社员参与集体劳动所得的工分来分配的。阿育公因为脚不好使，所以工分少，粮食也分得少。到了20世纪70年代，阿育公和阿本婆的生活已是非常艰难，而且两人年事已高，既没有生活自理能力，又没有子女在身边，那份辛酸实在无法用语言来表达。

　　从我有记忆起，他们俩没事就躺在一楼的床上。冬天有太阳的时候，阿本婆从床上起来，拿起一根拐杖，缓缓地叩击着裸土地面，发出闷闷的"咚咚"声，然后"吱呀"一声打开门，一个矮小的身影经过我家门口，来到道坦上晒太阳。可能是因为长期躺在床上，我总闻到阿本婆身上有一股异味。年少无知的我们正在做游戏，一见阿本婆过来就本能地躲开，离她远远地，还开心地唱起来："阿本，滴人滚。阿本，滴人滚……"为什么这么唱，我也不知道，反正大家都这么唱，我也跟着唱。我们一边唱，一边有节奏地拍手。此时的阿本婆似乎很生气，拿起那根拐杖"咚咚咚"地敲打着地面，嘴里叫着："吵吵吵，吵甘事（玉壶方言，指吵什么）……"过了一会儿，她又自言自语："滴人滚，给人滴人滚哟……"那语气、那神情，给人以无限苍凉而又十分无奈的感觉。

奶奶告诉我，以前的阿本婆脾气很好，脸上常带微笑，很勤劳，很讨人喜欢。阿本婆常去东山岗和荒塘岭砍柴、拔草，有时还会帮人洗衣服赚取零用钱，是"滴人喜"。然而一个远嫁异国他乡的女人既得不到亲人的照顾，又加上生活上的诸多不如意，脾气也就慢慢变得有些暴躁了。慢慢地，她身体也垮了，后来就躺在床上了。

阿本婆会吃"烟酒"，每次坐在我家隔壁李梅婆的门前晒太阳的时候，手上总是握着一支烟筒。那"烟酒"在烟筒窟里烧着，阿本婆吸一口，脸上露出满足的神情。在外楼，我很少看到女人会吃"烟酒"，阿本婆应该是唯一一个。那时候的阿本婆已是年老体弱，且身上带有异味，我们这些孩子都不喜欢她。

大约在我七岁那年，一天夜里，阿本婆一直在"咿咿呀呀"地叫。次日，阿育公发现阿本婆已经逝世了。阿育公应该是很爱阿本婆的。自从阿本婆走了以后，他经常哭喊着："阿本，阿本……"阿育公深爱这个女人，却不能让她过上好日子，心里应该充满了愧疚。阿本婆走后的第14天，阿育公也跟着走了。看着阿育公家紧闭的房门，奶奶常常自言自语："阿本，太可怜了。"从此，人们也少了茶余饭后的谈资，外楼四面屋也很少听到"滴人滚"这个词了。

那个年代没有实行计划生育政策，每个家庭都有好几个子女，父母忙着种田或做手工，照顾孩子的时间也就少了。而且这么多孩子，做父母的也很难做到不偏不倚，因为总有孩子是"滴人喜"，也总有孩子是"滴人滚"。

好友阿芳上有两个姐姐，下有一个弟弟和一个妹妹，她处于中间这个最尴尬的位置。平时她和弟弟产生矛盾，无论对错，父母总会先训她，说她不懂事，不让着弟弟。到了上学的年纪，父母也不让她去学校念书，要她帮忙拔草、割柴和放羊。弟弟7岁那年，阿芳已经9岁了，学校老师来村里了解情况，登记有多少学龄儿童。母亲只报了弟弟的姓名，站在一旁的阿芳看着老师在笔记本上记下弟弟的姓名，再也控制不住，大声说："我要上学，我要和弟弟一起上一年级。"母亲呵斥她："女孩子，读什么书？反正以后是要嫁人的。你就别读书了。"伤心至极的阿芳一下子就瘫坐在地上，接着满地打滚，大声哭喊着："我要上学，我要上学……"村民和老师都纷纷劝说母亲让阿芳去上学，母亲这才勉强答应，条件是：每天上下学都要和弟弟一起走，一回到家就去拔草、洗衣服。多年以后，阿芳告诉我：她是以躺在地上滚的代价换来了上学的机会，所以她非常珍惜。

一天中午，阿芳和弟弟正吃着饭，为了"谁先洗头"一事吵了起来。那时候，一个汤罐只能烧一脸盆热水，只够一个人洗头。弟弟急了，用手上的筷子随意地敲打阿芳的脑袋。阿芳也用筷子敲了一下弟弟的脑袋。弟弟哭了起来。母亲一把抓过阿芳，训斥道："你再打弟弟，到时候就把你卖到桐油炉（东背与朱雅交界的一个偏僻村庄），让你永远待在那里。"事发突然，阿芳被吓得哭不出声音。桐油炉到底在哪里？那是什么地方？阿芳一无所知。

时间一天天过去，阿芳也一天天长大。因为是"滴人滚"，不被父母重视，阿芳的内心是千疮百孔的。白天，阿芳假装成若无其事的样子：去学习，去帮忙做家务，去讨好他人，去保护自己，去察

玉壶供销社　陈建国摄

言观色，去阿谀奉承，去迎合世俗，去把自己变成大人。夜深人静时，阿芳独自舔舐着自己的伤口，然后用泪水悄悄地将伤口包扎起来。

　　阿芳上小学三年级的时候，一天，母亲带着弟弟去买铅笔盒（玉壶人称文具盒为铅笔盒），阿芳也要跟着，因为她也想要一个铅笔盒。在玉壶供销社，母亲拿出2角1分钱给弟弟买了一个铅笔盒。阿芳记得很清楚，铅笔盒是铁质的，盖子上写着"天才出于勤奋"六个字，边上还画着一支铅笔，图案很漂亮。弟弟手上拿着铅笔盒，阿芳羡慕地盯着。母亲牵着弟弟的手转身走出供销社大门，阿芳快步跟上，拉住母亲的衣角仰着脸说："阿妈，我也想要一个铅笔盒，一个与弟弟一样的铅笔盒，我会勤奋学习的。"母亲很恼火便高声嚷了起来："你怎么这么不懂事？买什么买？去玉壶卫生院那里要一个庆大霉素纸盒子来装铅笔和橡皮。别浪费钱！"下午的阳光照在母亲的脸上，她能清楚地看到母亲的唾沫在阳光里飞溅。周围的村民都把目光投射到她身上,有惊讶,有疑问,有不解,有同情……阿芳觉得那些目光犹如一把把刀在她身上切割。11 岁的孩子,已经有了强烈的自尊心和羞耻感,阿芳忍不住哭了起来,身子一抖一抖的。售货员阿姨也直直地盯着她,阿芳永远忘不了那道目光。

回家的路上,阿芳在心里一遍遍地说:我也是孩子呀,我也想要一个铅笔盒呀,您为什么在别人面前吼我呀?我只想要一个与弟弟一样的铅笔盒,您为什么不给我买呢?可母亲只是拉着弟弟的手在前面走着,任她一直在后面跟着。或许,在母亲心里,女儿根本不需要铅笔盒,去医院向护士要一个庆大霉素小纸盒用来装铅笔就可以了。可母亲忘了:她毕竟只是一个 11 岁的小女孩呀。

后来,阿芳经常听到有人说弟弟是"滴人喜",而她是"滴人滚"。难道就因为她是囝,弟弟是家里唯一的男孩?弟弟生日那天,母亲煮了一碗面条,上面还有一个荷包蛋。弟弟开心地吃着,她则只能远远地站在门口,艳羡而又落寞地看着。她生日那天,没有得到那样一碗面条。

许多年以后,阿芳通过努力,事业有成。一次,阿芳特意叫我陪她去了一趟桐油炉,看看那是一个什么样的地方。我和她一路行进,途经山背、孙山、赵基、乌岩、黄泥寮,然后到达桐油炉。这是一个极其偏僻的地方,没有公路,只有一条羊肠小路,村里只有两户人家。我知道,小时候深藏在阿芳心里的那个"滴人滚"词语一直伴随着她,总也摆脱不了。

不过也有些富裕家庭虽然子女多,但父母深爱着每一个子女,每个孩子都是"滴人喜"。我的一个同学是华侨,上有三个哥哥、三个姐姐,她是老幺,但父母依然疼爱她,兄弟姐妹也都喜欢她、保护她。她就像小公主一样开心地过着每一天,从不知生活的艰难与人世的险恶，想笑就笑，想哭就哭，想撒娇就撒娇，该成长就成长，该结婚就结婚，一辈子幸福着。

如今的社会，大部分家庭都衣食无忧，有的家庭即使育有三个女儿，那也都是父母的心肝宝贝，不再是"滴人滚"了。在此，我真心希望每个孩子都能得到家人的关心和陪伴，就像刘瑜在《愿你慢慢长大》一文中写的那样："愿你慢慢长大，愿你有好运，如果没有，希望你在不幸中学会慈悲；愿你被很多人爱，如果没有，希望你在寂寞中学会宽容……"我也希望全天下的孩子都是"滴人喜"，都能在阳光下快乐地成长，在风雨中磨砺意志。

猪脚煨糖霜
荞囡番钿包

　　俗话说："出"得好，不如"栽"得好。意思是女子出生在一个好家庭，不如嫁入一个好家庭。虽然这种说法值得商榷，但女儿能嫁一户好人家，确实是每位父母的美好愿望。20世纪50年代以前，因家境不同，文成人"嫁囡"也有不同的说法：穷人是"卖囡"，要彩礼，无嫁妆或嫁妆很少；中等人家是"送囡"，有彩礼，夫家出钱，女方置嫁妆，不赚不赔；富裕人家是"嫁囡"，十里红妆，送嫁的人多，嫁妆也多（当时大峃周村一财主"嫁囡"，送嫁队伍可谓是前不见首，后不见尾，光是家具类物品就摆满夫家的厅堂和院子）。

　　嫁囡，嫁妆，这都与银圆、铜钱搭上了边儿。20世纪初，文成人称银圆为银番钿。对铜钱则有两种称谓：一是铜钿，是铜制的货币，直径约为两厘米，外圆内方，在市场上有流通价值；二是铜番钿。关于铜番钿又有两种说法，一是指前朝留下、已失去流通价值的；二是指假银圆，即一些不法分子用铜制成银圆模样再镀银，在社会上以假乱真。后来"铜番钿"衍生出另一种说法，比如说"某某为铜番钿"，也就是说这个人不聪明、没能耐。银番钿和铜钿都是"钱"的代称。存放银圆和铜钱的袋子被称为"番钿包"。如今，银圆和铜钱已经退出流通领域，取而代之的是被称为"钞票"的纸币，存放钞票的袋子也被称为"钱包"或"钞票包"了。

　　那个年代，大部分家庭都有两个或两个以上的孩子。我的一个同学就有六姐妹、三兄弟，可谓是人多力量大。在一些大家庭中，兄弟姐妹的年龄往往相差较大，比如叔叔与侄女是同学，甚至外甥比舅舅大一岁，姨妈比外甥女小一岁，此类现象可谓是司空见惯。父母去山上或地里劳动，家里的大孩子就带着小孩子到处玩，甚至还有姐姐带着弟弟一起去学校上课。家里孩子多也带来另一个问题：娶亲需要彩礼，但家里穷，儿子娶亲就成了难题。于是，有些家庭一旦生下女儿就很开心，因为等女儿长大了，就可以用嫁女所得的彩礼来娶儿媳妇。而且女儿过门以后，按习俗，婚后第三天要回娘家，这时她会提来一只猪脚，带来一些糖霜（玉壶方言，指白糖）。那时候，西洋参和荔枝干之类的补品很少，糖霜就成了农家常用的补品。娘家人烧好猪脚，会请亲朋好友吃一顿。不仅如此，女儿一般比较贴心，依恋娘家，如果夫家生活条件好，还会贴补娘家。每年正月女儿回娘家，女婿会挑来两布袋东西，里面有猪脚、面条、年糕之类的食品。在那个缺衣少食的年代，猪脚可是好东西呀。"养囡番钿包，猪脚煨

家门口的一爿"木"

糖霜",说的就是这种情形。

后来,我在珊溪、黄坦、峃口等地也听过这句俚语。朋友告诉我,文成各地都有这种说法,在一些偏远山区,还有村民会笑称女孩为"番钿包"。朋友育有三个女儿和一个儿子,其亲戚却生了四个儿子。亲戚对朋友很是羡慕,经常开玩笑说:"你的命真好,有三个番钿包,以后是吃不愁、用不愁,只愁白米哽灵喉(玉壶方言,指喉咙)喽。"

记得第一次听到"养囡番钿包,猪脚煨糖霜"这句俚语,是在我家门口的一爿"木"上。在四面屋,家家户户门前都有一个门台。我家隔壁李梅婆的两间房子是连在一起的,有一间房子的门台有两扇门,有一间房子的前面是间底(玉壶方言,指一楼睡房),间底的

外楼四面屋一角

门朝向另一间房子。门台前没有门,放了一爿"木",我们就在这里"打油砧":小朋友们分成两拨,人数相等,左右双方向当中用力挤压过去,力量弱的一方便会被挤出来;如果力量差不多,当中的人会被挤出来,离开位置,这样就能看出胜负了。住在我家对门的一位伯伯生了5个儿子,第6个才是女儿,一家人对女儿极其宠爱。我们在"打油砧"时,伯伯就经常坐在我家门口的一张椅子上,右脚架在左脚上,其女儿便坐在伯伯的右脚上。伯伯两只手分别扶着女儿的左右肩膀,右脚一上一下地荡着,嘴里唱着玉壶方言:"丫丫哟,依依哟,三个铜钿卖棉花。养囡番钿包,猪脚煨糖霜……"女儿开心地笑着,伯伯开心地唱着,一副其乐融融的样子,充满了父女温情。

"猪脚煨糖霜"，当年这道菜到底有多好吃？告诉你，这只能意会，无法言传，字词语句根本就无法描述那种甜到心里的美滋滋的味道。

童年时代，我吃过多次"猪脚煨糖霜"。大表姐比我年长15岁。每年正月初二，大表姐和大表姐夫来拜年时都会挑一担布袋，一头装着一只猪脚，一头装着年糕和面条。舅舅和舅妈把猪脚拿出来切块，冲洗干净，放在锅里炒，然后加上黄花菜和糖霜，用猛火烧，待烧开以后，再用小火炖。等猪脚煮烂了，舅妈就盛一碗送给外婆。上学期间，我就住在外婆家里，所以吃"猪脚煨糖霜"时都有我的份儿。晚餐时间，猪脚端上饭桌，我就很开心，双眼直直地盯着那碗酱紫色、热气腾腾的猪脚，犹如安徒生笔下卖火柴的小女孩看到了香喷喷的烤鹅一般，还没吃到猪脚，心就已经甜了。等到猪脚进了嘴里，我就细细品味，舍不得咽下，咀嚼了好久好久，才一点一点咽到肚子里。

不过，虽说是"养囝番钿包"，但这也不都能如父母所愿。玉壶本地一户人家有一个女儿、四个儿子，女儿阿桃是老大。父亲因为常年劳作患有哮喘病，插秧、挑番薯都会累得气喘吁吁。因为家境贫困，父母总想着把阿桃早点嫁出去，换取一些彩礼贴补家用。

阿桃出落得眉清目秀，水灵灵的，13岁时就有邻居前来说媒：玉壶周边山上有一户人家，家境富裕，男方刚成年，想聘娶一个姑娘，彩礼优厚。媒人的话"糖甜蜜蒂"（玉壶方言，指甜言蜜语），阿桃的父母动心了，在没有征得阿桃同意的情况下，就答应了这门亲事。男方父母一听说是玉壶本地姑娘，便赶忙过来悄悄地瞧了瞧阿桃的模样，心里那是一百个满意。他们拿出省吃俭用的600元钱，再加上300斤番薯丝送到阿桃家里，正缺钞票和粮食的阿桃父母满心欢喜。那个年代，父母之命、媒妁之言对婚姻的主导作用还是很大的。

不久，有些同学得知阿桃定了亲，都笑话她是某某的老婆，阿桃很郁闷，但也没办法。就这样过了几年，阿桃渐渐地长大了，也懂得了一些男女之情，便强烈反对父母当初的定亲行为，说是坚决不嫁给那个男人。由此，父母与阿桃之间经常争吵。

上高中以后，阿桃开始有了自己的主意：清明时节就上山摘茶，暑假期间就去杨村垟拔香附子（一种草药）卖给玉壶收购站。功夫不负有心人，日积月累，阿桃攒下的钱终于够买一张去台州的车票

俯瞰玉壶　胡绍超摄

了（其姑妈住在台州）。她偷偷地去玉壶车站买了一张车票，带了一两件换洗的衣服就去了姑妈家，并将此事告知姑妈。姑妈是个明事理之人，听说此事，也觉得自己兄嫂的做法欠妥，就发电报给哥哥，说是侄女在她家里，侄女不愿意定亲，家里人不能强迫之类的话语。再说男方父母得知消息后，就来阿桃家里讨说法。阿桃父母又气又急，自知理亏，便东拼西凑，终于凑足了 800 元钱（彩礼加上红包）送还给对方，并说那 300 斤番薯丝以后一定会还。到了当年冬天，终于还上了。此后，阿桃的母亲再也不说"养囡番钿包，猪脚煨糖霜"了。如果有人说她养了一个漂亮的女儿真幸福时，她会说："养囡，养囡，灰（玉壶方言，不要的意思）气生病就好喽。哪来的番钿包啰？一代管一代，落茄拔了种芥菜。囡大不由娘，管不着了。"后来，阿桃自由恋爱，嫁了如意郎君，过上了幸福的生活。

再来说一件"番钿包"的事儿。我的一位亲戚住在山里头，其女儿阿叶是农历六月出生的。六月天炎热，孩子出生后不用穿那么多衣服。如果是冬天出生，衣服单薄的话，孩子就容易冻坏。因此，玉壶农村有这样一句俗语：有福六月生，冇福六月死。村民都说阿叶是个有福气的女孩子。阿叶长得如花似玉，学习成绩在班里也是数一数二的，方圆几里人人都知道胡家有这么一个漂亮可爱的女儿。

那个年代，大学入学率低，尽管成绩不错，阿叶还是高考落榜了。她想继续复习考大学，以后走出这个山窝窝。暑假期间，阿叶一边在家里帮忙做家务，一边复习功课。有一邻居找了个机会，跑到阿叶家里，对阿叶的母亲说："女儿家，读再多的书也是别人家的媳妇，早点嫁出去，可以省点粮食。我的一个侄子已经办好护照，以后会出国。我来替侄子做个媒，如果嫁给我侄子，以后你女儿就能出国，那你们一家就是侨眷了。"阿叶母亲一听，很是开心，心想三个儿子都还没娶亲，如果女儿出国成了华侨，那以后儿子娶媳妇就容易多了。

都说人的眼睛孔窟浅（玉壶方言，指人看到钱就会起贪念），这就是现实。于是，阿叶的母亲答应邻居，说和女儿商量商量，哪知道阿叶此刻就在楼上。那时候的房子都是木结构，楼下的人说话，楼上的人听得一清二楚。阿叶气呼呼地下楼，随手掀起锅盖（木制的），"啪"的一声又盖到铁锅上，锅盖裂了。阿叶冲着邻居大声嚷道："我是囡，我怎么了？你的女儿和我一样大，既然你侄子这么好，就让你女儿嫁给他呀！"邻居见势头不好，急匆匆从后门溜了出去。母亲一看，数落阿叶："家里这么穷，你还是这样的脾气，看以后谁会要你？"阿叶高声说："我要读书。等我有本领了，还怕没人要？"母亲被噎得一时说不出话来，过了许久才说："人家都说'养囡番钿包，猪脚煨糖霜'，我也不指望吃'猪脚煨糖霜'了。"

不过，话又说回来，后来阿叶凭着自己的努力考上中专，吃上了公家饭，过上了好日子，结婚后经常拎着猪脚来娘家，她的父母终于也吃上"猪脚煨糖霜"了。

30多年过去了，随着社会的进步、经济的快速发展，人们吃惯了大鱼大肉，多数人都恐肥胖，再也不会天天惦记着吃鸡鸭鹅，再也不会盼望女儿回娘家时带来一个猪脚了。且不说如今的许多人怕得"三高"，即使没得"三高"，太油腻的食物也不想吃了。养囡得彩礼，再用彩礼来娶儿媳妇的这种做法已经不再可行。如今我们经常能听到的是：养囡赔钿（钱）货，不赔不心过。现在姑娘家出嫁了，熟人会问父母亲："女儿结婚，有没有送一套房子或一辆车子？陪嫁多少钱呀？"

似水流年，如烟往事。时代已经翻篇了，"养囡番钿包，猪脚煨糖霜"，已成为过去式。

乡村风光

五铺岭

岭有五铺

那是传说

　　在玉壶，经常能听到这样的对话。问：玉壶至下东溪有几铺路？答：半铺。由此可见，"铺"是路程单位。据记载，宋代称邮递驿站为"铺"，为了传递文书，官方设立邮铺，定十里为一铺。旧时的交通主要靠步行，走一铺路或两铺路并不算远。

　　"五铺岭"，顾名思义就是长为五铺的岭。一铺等于5千米，五铺也就是25千米，可是从玉壶到五铺岭不过1.5千米左右的路。这地名是怎么来的呢？且听我说一个故事。从前，有一支军队经过谈阳岭头准备去玉壶。因为不认得路,军官看见一个在田里劳作的男子就上前问道:"此地到玉壶有多少路程?"男子为免玉壶民众受兵祸之苦,便巧妙回答:"去玉壶要拐过九龙拐("拐"在这里读第四声),爬上五铺岭,闯过四眼寨,掉进六号窟,转过老鹰暗,冲过十壁潭,走到五十墩,条底条不出。"军官听了,去玉壶竟然这么远、这么凶险,遂不再前往。

请让我用普通话来解释这段玉壶方言:九龙拐指九龙,意为九条山湾;四眼寨指狮岩寨,意为四个山寨;六号窟指龙岙村,在项埠垟后山,也叫"六号",意指六个大窟窿;老鹰暗即指木湾北侧的刀鹰暗(玉壶人称老鹰为刀鹰),此地林深树密,即使刀鹰飞过这里,眼前也是阴暗的;十壁潭即石壁潭,在三港殿下方、金钟寺山脚对面;"五十墩"与"五十都"谐音,玉壶在明清时期属瑞安县嘉屿乡五十都,现在仍有人称玉壶为五十都;"条"在这里的意思是"走","条底条不出"是"走进去走不出来"的意思。这段话把玉壶的几处地名以谐音的方式说出,以展现路途的遥远和艰险,使人闻之却步。

五铺岭行政村位于玉壶底村南边,以驻地五铺岭而得名。五铺岭村,农业生产合作社时期称五铺岭社,人民公社时期改称五铺岭大队,由五铺岭、小南垟、五方、潘塘、周张、上坑头、茶墩、垟坳头、下坑头等自然村组成。村委会驻地在五铺岭村。

聚　　居

五铺岭东连后山,南接底南,西邻半岭,北靠底村。五铺垟坑穿村而过,水流清澈,灌溉了沿途的稻田,也滋养了五铺岭的人间烟火。捣臼岩、驮寮头、杨梅坪等山峰连绵起伏,宛若大自然弹出

五铺岭地标

五铺垟坑

的一个个绝美音符，和着五铺垟坑潺潺的水声，演奏着天地间绝妙的乐曲。

　　300多年前的五铺岭是一个不见牛羊不见炊烟的蛮荒地带，古树参天，虎豹出没。五铺岭始居者为胡德禧、胡德文、胡德武和胡德朋。据玉壶《胡氏宗谱》记载，家住玉壶底村横山的胡尚良育有三子：长子胡德禧生于清雍正戊申年（1728），次子胡德文生于雍正壬子年（1732），三子胡德武生于雍正乙卯年（1735）。胡尚良以种地为生，有田地在五铺岭。德禧、德文、德武兄弟三人经常去五铺岭开荒种番薯，饿了就用饭团就着山泉水吃一顿。德禧想，如果在这里搭一间草寮住下来，每天就省得来回跑了。此想法一经说出就得到了众兄弟的认可，堂兄弟胡德朋也有几亩山地在五铺岭，就答应一起搬到这里。四兄弟是一起来的？还是先后到的？我们已经无从知晓。

德禧住杨梅坪，德文住驮寮头（原属五铺岭，现属半岭），德武住捣臼岩下，德朋住捣臼岩下屋基田。兄弟四人中只有德武和德朋住得近一些。捣臼岩在天灯坳（古时候这里有两盏灯，中间有一个山坳，故名）西北侧，因山上有一块巨石形似捣臼，故名。此山也被称为捣臼岩山。德武和德朋的房子仅隔着一条小溪坑。而德禧和德文的住所距离捣臼岩山甚远。住在一起不是更方便互相照顾吗？为何要分开？原因是距离远，开荒空间更大。

我们先来说德禧。德禧的主业是种地，副业是打银。妻子周氏在家养鸡养鸭养猪养羊。农忙时，德禧和周氏天天在地里辛勤劳作；农闲时，德禧就挑着银担外出打银。

玉壶人普遍认为，银子能辟邪。富裕人家定亲，男方会打一副银镯子作为聘礼送给女方；女人生了孩子，如果经济允许，外婆要送外孙或外孙女一副银手镯、一副银脚镯，外加一把银制的长命锁等。因此，玉壶便有一些以打银为生的人。

在五铺岭、半岭、大壤和玉壶等地的山间小路、田间地头都能看到德禧挑着打银担奔走的身影。"打银喽，打银喽。"每经过一个村落，德禧就拉长声音吆喝着。

如果有人要打银器，德禧就会停下担子，坐在屋檐底下、上间或门台前，把那些细小的银品、零碎的银饰或银块熔炼、捶打、煅烧、淬火、造型、抛光。经过反复捶打，让其充分延展开，每一步都一丝不苟。"叮叮叮"声不绝于耳，一件件成品在德禧手中诞生。这些被赋予温度和情感的银器，饱含了长辈对下一代的祝福。"戴上长命锁，即使把你家外孙放在草上养，也能长命百岁。"闻者连声道谢。

如果生活都这么顺遂该有多好，但意外还是发生了。这意外与石林寨有关。石林寨在下坑头上方东南侧约 500 米处，与杨梅坪相隔不远。传说石林寨里面住着 10 多个打家劫舍的土匪。有一天，石林寨的这伙人来到杨梅坪，他们将德禧家的猪从猪圈里赶出来杀了。众人烧火做饭，吃饱喝足以后，还把剩下的猪肉绑在扁担上打算挑走。德禧一家人吓坏了，看着那群人在屋里吆五喝六，愣是一动也不敢动。等那伙人走远了，德禧才急忙跑出屋子站在山岗上对着驮寮头方向大声地喊起来："德文，德文！抢劫了，抢劫了！我家的猪被土匪杀了吃了。"呼啸的暮风把声音送到驮寮头，德文急忙从家里跑出来，站在山岗上对着捣臼岩下喊："德武、德朋，德禧的猪被土匪杀了。我们去看看。"德武、德朋和德文一起往杨梅坪赶去，看到德禧家里一片狼藉。这该如何是好呀？德禧欲哭无泪，心想：这里不能住了，还好我打银赚了点钱，搬家吧。就这样，德禧带着周氏和孩子沿着后山、木湾、上店培和东坑向前走去，在瑞安塘下安居下来。

我们再来说德文。德文要搬到驮寮头住，妻子陈氏原是坚决不同意的，但德文一再坚持，陈氏也没有办法。话说德文夫妻伐木筑屋、割草搭篷安定下来后，当晚林间肃静，月光透过斑驳的树影投射在草寮上，陈氏满耳都是虫声和凄厉的虎吼狼声：那虫声高低、宏细、疾徐不一，那狼虎的吼叫声更是让人胆战心惊，无论是靠着柴门听，凭着窗沿听，还是躺在床上听，内心都会充满难以言喻的恐惧。陈氏睁着眼睛看着窗户夜不能寐。次日，天边曙光微露，陈氏打开家门飞似的往捣臼岩下跑，见到德武夫妻，一个劲地诉说自己如何害怕。但生活还得继续，陈氏迈着沉重的步子回到驮寮头，砍柴种地，挑水做饭，养鸡养鸭，慢慢地她也习惯了这里的生活。

德武和德朋两家相距不远，彼此之间也能相互照顾。而且住在山脚，家门前就是小溪坑，用水方便，离玉壶也相对近一些。两家都以开荒种地为生。兄弟俩经过多年的努力，有了一些积蓄，渐渐地将草寮拆了，建起三幢木结构的房子。

其后，董姓、林姓、杨姓、吴姓、高姓和黄姓族人也都搬到这里。

五铺岭的历史就是胡姓、林姓、黄姓、杨姓、高姓、吴姓和董姓等氏族迁居、奋斗的历史。他们在一座座山岭之间出现，又在一座座山岭之间消失。有人落地生根，在暮色中燃起一缕缕给人以温暖和希望的炊烟，有人离开这里走向远方……于是，天灯坳、杨梅坪、驮寮头、捣臼岩下屋基田、捣臼岩下、下坑头、上坑头、周张、潘坳、潘坳岗头等地名在玉壶的历史中逐一出现。

那个荒烟蔓草的地带已然不复存在，那个挑着打银担一路吆喝的身影也已隐入时间的深处。200多年来，这里的人们自给自足地生活着，过得充实、平静而安宁。那些被汗水浸透的脊背，那些在风雨中默默耕耘的背影，清晰得仿佛就在昨天。时间会带走一些生动的细节，但绝不会了无痕迹。

古　道

从玉壶店桥头到五铺岭古道约3里，分两段：一段是从店桥头、直路、门台口、三官亭到上古路田，这一段是平路；另一段是从下个坦、上个坦、拔稻窟、潘山桥到五铺岭，这一段是山岭。

这段古道原先没有路，走的人多了就成了路，但也只是泥路，后来变成了块石和鹅卵石铺设的路。究竟是谁筑的？在五铺岭人的口中，玉壶店桥头至大峃的这段路是一个泰顺女子出钱铺设的。传说中的这名泰顺女子夫家姓胡，是玉壶胡氏第十九世孙明四公后裔。泰顺女子夫家家世显赫，然而女子的丈夫却不幸早亡。有人告诉她：修桥铺路是行善之举，胡家先祖是从玉壶搬到泰顺的，如果在玉壶修一条路，祖先定会护佑其一生幸福安康。泰顺女子遂听从他的话，拿钱修筑了从玉壶店桥头至大峃这一段路。至今在玉壶民间还流传着这样一句俗语：三步上，三步落，泰顺守寡老嬷造路到大峃。当时的修路师傅是一个绰号为"矮子"的人。矮子为人和善，因为个子不高，时人就以绰号呼之，他也不恼。矮子筑路技术很好。五铺岭至半岭的古道上有一处坚硬的岩壁，矮子就在岩壁上打个洞，将石头扦插下去。这段路就这样筑成了。

古时候，从店桥头至三官亭这一带的路已经铺上鹅卵石，有些地方却因为年久失修又成了泥路。三官亭住着一个名叫阿基的男子，家境贫困，因患青光眼导致视神经萎缩，看什么东西都只有一个模糊的影子。阿基没有娶妻生子，因为没有房子就住在三官亭。由于无地可种，没有生活来源，阿基就学着打草鞋。阿基将破布条和稻秆交叉扎紧编织成一双双草鞋，这种草鞋穿起来更柔软、舒适，也更耐穿。行人路经此处，都会顺便买一双草鞋。阿基就靠着这点微薄的收入度日。

三官亭前方有一段泥路，一到下雨天，地上都是一小摊一小摊的水，那时候一般人穿的都是草鞋和布鞋，多数人都是脱下鞋子走过这段路。有人感慨：如果这里的地面铺上石头，该有多好呀。一天早上，有人看到阿基一手拄着拐杖，一手拎着一个布袋，布袋很重，阿基走得非常吃力。原来袋子里是一块块大小不一的鹅卵石。从那以后，来往于这条路上的行人经常看到阿基蹲在地上，把一块块石头铺在路面上，压实。哪里有空隙，他就拿石头填上去。铺上石头的道路再也不会泥泞，行人走过这条路，都会念着阿基的好。阿基修筑的这段老路长约70米，20世纪90年代还保持原样。后来，直路至三官亭一带被浇筑成水泥路，三官亭也被拆了。再后来，周边一带建起新房子，也就成了如今的样子。

五铺岭古道

从三官亭向前过拔稻窟，只见蛙蟆坑水从西向东一路哗哗奔流，其下方有一亭。因前方就是潘山桥，故此亭曰潘山桥亭。由此而上的水塘背岭和五铺岭的坡度陡然增大，长路漫漫，总需要歇脚的地方。行人到此，会稍作停留以蓄足力气，他们坐着感受凉风吹干脸上的薄汗，让酸痛的腰身和腿脚得到短暂的歇息。其上就是五铺岭。其下约 10 米处有一个亭，称五铺岭亭。行路难，挑着担、背着孩子或急着赶路的人，走得久了，身心长时间都陷于疲劳之中。"亭者，停也，人所停集也。"五铺岭亭，让人有了停下来歇憩的地方。

如今的五铺岭亭前方竖立着一块石碑，据碑文记载：此地有五铺岭佛堂和五铺岭亭，建于清道光三年（1823），胡延桢、胡荣文等或捐田，或捐租，或捐钱。一行行捐资者的名单和捐款数额，一一记下了他们的善行。五铺岭佛堂为三间一层木结构建筑，中间的屋子供奉着观音菩萨、陈林氏娘娘和送子娘娘，南北两侧的屋子则是住人的。佛堂西侧就是古道。古道上有一排美人靠，这就是五铺岭亭。来往行人就坐在美人靠上聊天休息。

五铺岭亭建成之后的 100 年内，到底有没有住人？未见相关资料记载。但据村民回忆，20 世纪 20—60 年代，这里一直有人居住。

五铺岭佛堂北侧住着彬婆一家人，老公叫阿彬，老婆就叫彬婆，他们原先住在五铺岭捣臼岩下。那时候的房子都是木结构建筑，而照明用的都是火篾和枞明之类容易起火的材料。一天夜里，彬婆家的房子失火。失去安居之地后能住到哪里呢？于是他们就搬到五铺岭佛堂。彬婆就在五铺岭佛堂泡茶，兼卖零食。彬婆勤劳善良，每天一早就起床烧火做饭，再烧上几锅开水，加上大竹叶和车前草等草药冲泡成凉茶，倒在一个小水缸里，边上放着一个汤管（竹做的可以盛水的器具）。来往行人就坐在美人靠上聊天歇息，渴了就喝一碗凉茶。那个年代很少有香烟，人们一般喜欢抽一种名为"烟酒"

的旱烟。旱烟需要用火点燃，哪来的火呢？彬婆不知从哪里搬来一个捣臼，捣臼里有锯下来的木屑。每天早上，彬婆用火石点火使木屑缓缓燃烧，那木屑日日燃着，从未熄灭。过往行人拿出烟筒装上"烟酒"，用火钳夹来一点点火种，点燃，抽上几口，然后心满意足地离开。

佛堂南侧住着一位从潘塘搬来的女子，丈夫名叫孙迪，因为辈分大，大家都叫她孙迪婆。孙迪婆的房子因为年久失修倒塌，丈夫也不幸去世，失了依靠的孙迪婆就住到这里。孙迪婆会做豆腐。每天晚上这里的火篾灯都亮着，屋子里热气腾腾，孙迪婆忙着磨豆子、做豆腐。次日早晨，孙迪婆头上顶着一块豆腐板，其上是热气腾腾的豆腐，背上还背着一个女儿。"豆腐要否？豆腐要否？"吆喝声在五铺岭上空回荡着。村民们陆续走出来，拿出关金票（也称关金券，民国时期的一种钞票）买来一两块豆腐。走过五铺岭，孙迪婆又向半岭走去。经过一两个小时的叫卖，豆腐就都卖完了。

时间如水一般流逝，孙迪婆之女出嫁到里阳，孙迪婆就跟着女儿离开了五铺岭。房子空着也是空着，原住潘塘的义任一家就搬到了这里。义任是卖零食的，他将饼干、麻花、糖儿、枇杷梗等零食装在一个个玻璃瓶里，放在一张桌子上。五铺岭小孩子的口袋里一有钱就往这里跑，一分钱能买到一颗糖，剥开花花绿绿的糖纸，把糖塞进嘴里，那甜味直达心里。1958—1959 年，全国兴办"大食堂"，挑担的、砍柴的、挑货的、走亲访友的都经过这里，五铺岭亭热闹至极。

白天，义任婆在自家门口泡油锅（即灯盏糕）。油锅 2 分钱 1 个，由面粉、蚕豆和白萝卜合制而成，放到油里炸。行人路经此处，肚子正饿着，喝点水，吃一个油锅，那真是绝美的享受。

五铺岭亭最热闹的是演木偶戏的时候，每年正月，五铺岭人都要请一个名叫阿辉的九龙人来演木偶戏。因为熟悉的缘故，阿辉每年都来这里演几场。亭子前方搭起雨棚，屋檐下挂上汽灯，半岭、

五铺岭亭石碑阳面

玉壶、周墩等地的村民都赶过来看。下午一场，晚上一场，那时候
上演的剧目有《武松打虎》《庐山学法》《小小芝麻官》等。朦胧昏
黄的灯光下，栩栩如生的木偶依次登场，有官老爷、小姐、仆人等。
木偶的每个关节上都有很多丝线，这些线控制在表演者手中，木偶
们随着音乐和场次行走转身、跳跃起舞，灵活极了。那时候的阿辉
才 20 岁出头，如今却已年近 90。岁月终于带走了曾经的一切。

　　村民还说起这样一件事：五铺岭一对夫妻育有两儿一女，因为
家里欠了债，丈夫在妻子不知情的情况下，将妻子卖给一个玉壶人。
对方派人到这对夫妻家里，背起女人就往五铺岭亭走去。女人哭天
喊地，悲怆凄凉，住在五铺岭佛堂里的人闻之皆落泪。因为女人一
直在挣扎，来人就吓唬道："你再叫，我就一铳打死你。"万般无奈下，

底村至五铺岭
的古道

女人只好认命。那个雪天，雪地上踩出了两行深深浅浅的脚印，薄雾中漂移着两个蹒跚的身影。从那以后，那个女人把残缺的自己埋进冗长的岁月，甘愿为那个玉壶人洗衣做饭、生儿育女，动弹不得，抗争不了，一生凄凉。她这是积累了多少的失望和伤心，才换来了最终的淡然和坦然。那是深深烙印着特殊时代印记的一段记忆，在此谨记一笔。

1973 年，玉壶至大岙修筑公路，五铺岭佛堂和亭子被拆，佛堂移到上方的观音殿，亭子则移到天灯坳的西侧，名称也改为五岭亭。但五铺岭人仍称之为五铺岭亭。

如今，底村至五铺岭的这条古道，除下个坦至拔稻窟、水塘背岭和五铺岭路段还保留原貌，其余路段或多或少都已改变了模样。

再一次走过五铺岭，真想停下匆匆的脚步和漂泊的心，喝一碗彬婆的凉茶，吃一块义任婆的油锅。可时过境迁，有些人、有些事已经飘散在风中了。脚踩在古道的块石上，我深情地挥挥手，犹如告别一个故人。五铺岭亭，他日再来读你。

传　　说

从五铺岭小学往东走，过干儿脑塝，复行 200 米，前方出现一条名为五铺垟坑的小溪流，坑水清澈透亮，叮咚作响。走过一座石板桥，前方的道路稍显窄小，路两旁长满杂草树木。一位村民拿着一把柴刀一边走，一边砍去挡路的灌木，我们才得以前行。继续往前，转过大岩头、岩脚下和门前墩墩下，就到了下坑头。

下坑头古木众多，水竹丛生。老屋的西侧有三棵高大的苦槠树，它们历经沧桑，风骨峻峭，令人想起那些睿智的长者。南侧那棵苦槠树因为长时间的风吹雨淋，树心已有一个大洞，可上面的枝干甚是繁茂。那深埋的根部，那抗雷电而不屈的身子，那迎霜雪而灿然的笑容，都显示出其生命的顽强和倔强。那倒塌的石墙，那遒劲的古木，那欲与天公试比高的水竹，似乎都在向我们诉说着这里的悠久历史。

看过一道深邃的风景，脚步就会陷入另一道遥远的风景里。历史底蕴深厚的地方，总会有一些神奇的故事和古老的传说。下坑头便是如此。

下坑头的东北方横亘着两座高山，一曰解刀（玉壶方言，指菜刀）岗，一曰棋盘岗。村民说，解刀岗形似菜刀，能辟邪，凡不干净的东西经过这里都会被斩断；棋盘岗形似竖立的棋盘，外人进入这里

前往下坑头的古道

下坑头古树

左为解刀岗，右为棋盘岗

难以走出。这两座山正对着下坑头，因此这里会出大人物。下坑头后方是高山，前方有一大石墩。大石墩前方是一小山岗。远观，下坑头形似一个燕窝，遮风避雨，安暖舒适。

如今的下坑头老屋只剩残垣断壁，一截枯朽的橡木在杂草丛中倔强地挺立着，似乎在诉说着当年的种种过往。房子的东北方有一块形似燕子蛋的石头，其上长着绿油油的苔藓，几片干枯的竹叶飘落下来，枯黄与翠绿相间，煞是惹眼。村民称此石头为燕卵。我们继续西行 20 多步，发现此处也有两块大小、形状都和燕卵相似的石头。村民说，这两块石头也是燕卵。如此说来，这里有三个燕卵。说起燕卵的由来，还是一个令人伤心的故事。

传说很久很久以前，这里原是一片荒凉的土地。有一年，一位商人路经此处，见有山有水，前方的两座山岗还能阻挡一切风风雨雨，便认为这是块风水宝地，遂移居于此。商人育有三子，皆中举，远赴外地为官，且个个清正廉洁、政绩卓著。

俗话说：天有不测风云，人有旦夕祸福。美好的日子刚过了几年就飞来横祸，据说此事与时任内阁首辅的张阁老（张璁）有关。却说政敌认为张阁老如此得势，定与其家乡的风水有关，于是就派了一个江西阴阳先生来温州破坏当地的风水。那个阴阳先生破坏了李山、林龙和叶寮的风水后，就转到了五铺岭，发现下坑头前方的那个小山墩是块风水宝地。阴阳先生来到商人家里，只见一位妇人正坐在门口流泪。阴阳先生问："什么事这么伤心呀？"妇人答："三个儿子都在外地为官，天天想他们回家。"阴阳先生说："只要挖了那个小山墩，你的三个儿子就都回来了。"妇人日盼夜盼，盼的就是能见到儿子。如今只要挖了山墩，三个儿子就都能回来，妇人想都没想就答应了。

次日一早，妇人就请人来帮忙挖土。挖呀挖，地里出现了三个燕子蛋，圆溜溜的，众人都惊呆了。忽然间，燕子蛋飞了起来，然后重重砸下，一个落在房子的东北侧，另外两个落在房子的西侧。说也奇怪，燕子蛋一落地，竟然开始长了，长呀长，长成三块大石头，形状还是没变。此时下坑头上空乌云密布，狂风呼啸，大雨滂沱，天地间一片漆黑。不一会儿，天又放晴，一切又恢复原样。自此，小山墩没了，下坑头的风水被破坏了。村里人都说，那三个燕子蛋就是商人的三个儿子。小山墩没了，孩子们的庇护之所也就没了。说也奇怪，不久，商人的三个儿子便毫无征兆地相继身亡。十多天后，三副灵柩从外地运回下坑头。一抔黄土掩盖了三副灵柩。作为父母，心到底有多痛？我们可想而知，那简直是生不如死：短短数日，三个儿子相继身亡。这种人间至痛，谁能面对？谁能疏解？谁能承受？今后孤独的日子里，何枝可依？

孩子们都走了，作为父母又如何能在这片伤心之地过日子？于是，在一个阴雨连绵的日子里，商人带着妻子离开下坑头，不知去向。下坑头又恢复到当初的样子，不过只有高大的树木和杂草，再无鸡犬牛羊的叫声了。

不知是哪年，一户胡姓人家搬到这里安居乐业，繁衍后代。此地林深树密，交通不便，多年后其后裔又从这里搬离，前往五铺岭。

从下坑头老屋的道坦往东走，前方是成片高大的水竹，高达10多米，密密麻麻的，煞是壮观。北风吹来，水竹哗哗地摇曳着，仿佛在向天空展示自己那绝美的舞姿。我们都停下脚步，静静地聆听着大自然的纯粹音乐。到了一处下坡路段，小路向北一拐，直直地

燕卵

伸向前方，绕过几棵高大的树木，又转向南方，约行50米，前方出现两块巨大的直直耸立着的石壁。石壁之间有一道空隙，可容两个人并排前行。村民告诉我，这就是"刨人槽"。"刨"字在玉壶方言里发"推"音，表示把动物杀死，再把肉和骨头切成一块块煮或煎起来吃，比如刨猪和刨羊。这里说的刨人到底是什么意思？你且听我慢慢诉说。

刨人槽南、西、北三侧都是高耸的石壁，东侧则是空旷的，其下是悬崖峭壁。南侧的石壁上方有一道长长的瓦剪。我问，瓦剪是什么？有什么用？村民解释道，瓦剪就是通常所说的瓦槽，屋檐水通过瓦剪流向地面。东侧的峭壁上方有两个人工凿制的大孔，村民说，这是柱子洞，是用来固定柱子的。由此看来，这里确实有人住过的痕迹。到底是谁住在这峭壁上？在这里做什么？

五铺岭人口口相传：清朝中期，五铺岭有两个"踏笼"（玉壶方言，指陷阱），一个在潘塘老屋基，一个在干儿脑塆。那时候，底村至五铺岭没有路，玉壶人前往大壤要经过子母宫、米笠岭、岭头垟、后山、坑下、干儿脑塆、五铺岭等地。东坑和上林一带的人则可以沿着木湾、岭脚、后山，然后行至玉壶到大壤的这条路上。这两条路都经过干儿脑塆，潘塘老屋基则在干儿脑塆北侧约100米处。干儿脑塆和潘塘老屋基都属于偏僻之处，边上没有住户，不熟悉路况之人一旦掉进"踏笼"，想要出来就难了。

为什么会出现刨人现象？这些被刨的人是谁？又是谁在这里刨人？村民说，刨人的都是土匪。前面我们说过，下坑头上方是石林寨。石林寨实为一爿石壁，高约40米，石壁上方为一片平地。清朝中期，石林寨居住着10多个土匪，在干儿脑塆和潘塘老屋基各挖了一个"踏笼"，上方覆盖着稻草。一旦有人掉进"踏笼"，土匪们就往"踏笼"里扔石块，把人打晕后抬到这里，肢解了食用。据说，当年这里的鲜血顺着石壁往下流，红红的一片。熟知此处地形的人会避开那两个"踏笼"，不熟悉的人却会因此丧命。此地荒无人烟，因此土匪在这里作恶多年均无人管，村民也是敢怒不敢言。此事虽然没有文字记载，但村民还是以口口相传的形式将此事传了下来。

"刮人"这种传说太过血腥，真假有待考证。就像《宰相刘罗锅》片尾曲里说的：其实故事本来就是故事，故事里的事也许是从来没有的事，故事里的事说不是就不是，是也不是。所以，"石林寨土匪刮人"一事或许也是"说不是就不是，是也不是"。

"有一个美丽的传说，精美的石头会唱歌……"这里的石头和石壁不会唱歌，但满身都是故事。有空，你也来听一听，看一看。

五铺岭有自己的岁月沉积和历史遗迹，每个时期这里都留下许多或辛酸或幸福或温暖或凄凉的故事。它们就藏在那熙来攘往的人群里，就藏在那树木的年轮里，就藏在那坑底的石头里，就藏在那斑驳的木门里，就藏在老人缓缓的话语里。

有些东西一直在五铺岭这片土地上醒着，比如风骨，比如亲情，比如乡愁。有些东西一直在五铺岭这片土地上深藏着，永远不会被岁月的洪流带走，比如勤劳，比如善良，比如拼搏，比如倔强，比如闯劲。

枫树坪

相看两不厌
红枫龙井红岩洞

　　从玉壶出发，过蒲坑古道、炭场和东溪坑边，到了枫树坪岭脚，沿着一条块石铺成的古道向东前行，沿途古树老藤，枯枝黄叶。古道悠悠，慢慢地向前延伸，秋空如洗，远山青青。到了前方一处坪坦（玉壶方言，指山上较为平坦的、可利用的土地）上，一个村庄出现在我面前，站在路边的枫树下，阳光透过叶的缝隙将斑驳的光影倾洒在我肩头。不远处，炊烟里，隐约可见青砖黛瓦与参天大树交织在一起。那枝头的树叶经过低温的霜打，已是成熟的红枫。片片枫叶用整个生命尽情燃烧，释放能量。"霜叶红于二月花"，那层层叠叠的红色，仿佛在告诉我：即便秋风凉薄，枫叶也依然有一颗热情奔放的心。只一瞬间，寒意顿消，暖意涌上心头。这就是枫树坪村。2021年秋季的一天，枫树坪向我展示了她最美的一面。

枫树坪因地处于山坪上，且多枫树，故名。枫树坪村由枫树坪岭脚、枫树坪、龙井、和样等组成，位于东溪东面，1949年属李林乡，1952年归枫林乡，1956年属东背乡。2019年，经行政村规模优化调整，林龙和枫树坪等自然村合并，称枫林村。村委会驻地在龙背村。

迁居·生存

枫树坪始居者为胡王义。据《胡氏房谱》记载：胡王义，字双宝，家住玉壶上村外山头，为胡尚爵之四子，玉壶胡氏第三十世孙，明一公后裔，妻为大树堂之孙氏。胡王义为何要离开玉壶来到枫树坪？是前来烧炭，还是种地？或两者兼而有之？不管答案如何，但肯定是为了生存。于是乎，一条扁担挑起了所有的家当，胡王义沿着蒲坑古道、大坪样和上垟岭，顺着崎岖的山路，走过枫树坪岭进入枫树坪，在水涞外搭起草寮住了下来，与泥土为伍，躬耕山林。

那时候的枫树坪还是原始森林地带，古木杂草遍生，蛇蝎横行，豺狼出没，时人称之为"野猪窟"。在如此恶劣的环境里，生存到底有多难？我们从胡王义的言语里可略知一二。话说有一次，胡王义回到外山头，与亲友聊天时谈到：太阳还没下山，老虎就已经坐在道坦上了。因为怕夜晚来临时遇见毒蛇猛兽，胡王义就准备了一把"三步联"（一种土铳）。一天，老虎直接到了胡王义家门口，一家人都愣住了。胡王义转身操起"三步联"，朝着门口放了一铳，老虎转身逃了。一家人"砰"的一声关起门来，好长时间才平复了心情。如此这般，胡王义便极渴望有其他人搬来枫树坪，这样人多势众，就不用整天提心吊胆了。可谁会来这里呢？

《胡氏房谱》没有记载胡王义的出生年月，也没有记载他是什么时候来到枫树坪的。我们能知道的是胡王义搬到枫树坪以后，育有三子：长子胡月琳，次子胡新琳，三子胡玉琳。胡新琳生于清乾隆己丑年（1769）农历十月廿五日，由此，我们能确定：胡王义于1769年之前来到枫树坪。

偌大的枫树坪，到处是树木杂草，豺狼、野猪、老虎蛰伏其间。白天尚可，夜里呢？山风呼啸，豺狼嚎叫，那一声声凄厉的嘶叫声，那一阵阵风声是怎样撞击着胡王义及家人的耳郭，我们已经想象不出来了。

岁月流转，时光匆匆。过了许多年，一个名叫胡维宁的人来到枫树坪，他是胡王义叫过来的。

关于胡维宁是如何来到枫树坪，有两种说法：一是胡维宁直接从甘山来到枫树坪。根据流传下来的故事，我们还原了这样一幕场景：古时候，玉壶老街最繁华的地段在中村塘下街。一天，胡王义去塘下街买生活用品，遇到胡维宁。我们先来介绍胡维宁。胡维宁生于清乾隆壬午年（1762）农历十二月十二日，也是明一公后裔，其祖辈也住在外山头，后迁居于营前与岙口交界的甘山。胡王义是德字辈，胡维宁是维字辈，两人是叔侄关系。因为是房族，彼此都熟悉，双方一见面就坐下来话家常。胡王义从口袋里摸出一个纸包，撮了一点烟丝给胡维宁（那个年代的男人都随身带着烟筒），两人就"吧嗒吧嗒"抽起了烤烟。胡王义问胡维宁："怎么来玉壶了？"胡维宁说："家里遭了火灾，无处可去，不知该怎么办。"胡王义说："我住枫树坪，离这里只有四五千米。那里山地多，土地肥沃，只要你勤劳肯干，

水碓底老屋　胡志进供图

肯定饿不了。搬来和我们一起住吧，互相好有个照应。"胡维宁一听，很是开心，当即答应一起去枫树坪看看。说走就走，两人结伴来到枫树坪。看过当地的山形地貌，胡维宁当即决定搬迁到枫树坪。

　　另一种说法则是胡维宁从甘山来到玉壶，先到八角潭烧炭、种地。其后，胡王义到八角潭劝说胡维宁前来枫树坪，称叔侄两人一起住有伴。

　　胡维宁到枫树坪以后，就在水碓底开辟出一片土地，搭起草寮住了下来。水碓底和水碓外之间有一口水井，胡维宁住水碓底，胡王义住水碓外，两家共用一口水井。胡维宁和胡王义一样，种田、烧炭、饲养鸡鸭牛羊过日子。此后，胡维宁生有六子：胡义教、胡义勳、胡义常、胡义安、胡义高和胡义千。其中，胡义千搬迁至炭场。从此，村庄里人丁兴旺。清晨，村里响起鸡鸣狗吠；傍晚，家家户户升起袅袅炊烟。

　　胡维宁身材魁梧，力气大，极富正义感，且生性善良。自从胡维宁来到枫树坪后，叔侄之间凡事都相互帮衬，关系极其融洽。总之，胡维宁的到来，也将安宁捎给了枫树坪。

　　却说那个年代，家家都缺衣少吃，一些仗势欺人之徒得知枫树坪有人养鸡鸭牛羊，就打起坏主意。一天，胡维宁去山里种地。外山头有好几个年轻人来到枫树坪，不由分说就打开羊圈和鸡舍，赶出羊，抓了鸡就往山下走。胡王义慑于对方人多势众，不敢上前阻拦。对方走了以后，胡王义就急匆匆地跑到山里找胡维宁。得知消息后，胡维宁飞奔回家，见羊圈和鸡舍里空空如也，心想那些鸡呀羊呀是叔叔花了无数心血才养起来的，这也太欺侮人了吧。胡维宁拔腿就追，三步并作两步，从枫树坪岭飞奔直下，沿着东溪一路追过去，到了炭场，发现那一伙人正在赶路。胡维宁冲到那些人面前，一脸正色地说：把东西放下，不然跟你们没完。那一伙人眼见胡维宁虽单枪匹马，但气势汹汹，想来不好欺负。于是，他们丢下抢来的东西，匆匆往玉壶方向跑了。从那以后，玉壶本地就有了这样一个传得很广的说法：枫树坪有一个很厉害的人，不能招惹。自此，再没有人前来枫树坪抢东西了。

　　枫树坪坐北朝南，雨水充沛，阳光充足，适宜农作物生长。胡王义和胡维宁及其后代子孙就这样安安静静地生活在这片土地上。他们种烟叶，种大豆，种水稻，种番薯，并且这些农作物收成都很好。胡王义和胡维宁除了种田，还兼做什么呢？在枫树坪水井边上有一个地方名叫炭窑头，当年胡王义和胡维宁就在这里烧硬柴炭，然后挑到玉壶等地去卖，换取一点微薄的钱。其后，胡家后裔还在枫树坪岭脚建造了两个水碓用来捣香粉。枫树坪山里有一种香粉柴，每到秋季成熟，人们就去砍来切成一节一节，再放在水碓里捣碎，做

凉水坑老屋

成香（玉壶方言，指拜佛时点燃的那一炷香）送到玉壶出售。他们也砍柴卖柴，织草席，割岩麻做草鞋，卖给过往行人，赖以生存。随着时间的推移，枫树坪人口不断增长，胡义常和胡义勳后裔相继向凉水坑（龙井上方的一个小村庄）、和样漈头搬迁。年年岁岁，他们就这样努力而艰辛地生活着。

　　我们再来说说龙井（玉壶有两处地方叫龙井。这里的龙井原属东背乡枫树坪村，现属玉壶镇；三甲坳小荷尖的龙井原属周南乡，现属周壤镇）。光阴荏苒，岁月悠悠，不知道过了多少年，家住玉壶周南林山下寨的胡理勳带着两位夫人——金氏和杨氏来到龙井。胡理勳生于何时？什么时候来龙井的？已无从查证。我们能知道的是胡理勳之子胡学和胡从墆都是在龙井出生的。那时候的龙井尚是茅草丛生、林深树密地带，胡理勳砍树木、垒石墙在这里搭起草寮住了下来。其中的艰辛，真是一言难尽呀。从此，荒无人烟的龙井升起袅袅炊烟，飘散着饭菜的香味，回荡着一两声呼儿唤女、嘱咐添衣的叮咛。胡理勋一家人在此平静祥和地生活着。

我们再来说说胡理勋的后裔。胡学生于清咸丰乙卯年（1855）四月廿九日。胡学和胡从墀兄弟俩共育有七子：胡克传、胡克仁、胡克明、胡克绸、胡克永、胡克炯和胡文溪。胡克传兄弟七人皆力大无比，个个都能挑300多斤的番薯丝和硬柴炭。我来说一件事，你就能感受到他们的力气有多大。有一年十月份，番薯成熟了，胡克传兄弟七人去茶叶湾挑番薯。茶叶湾岭既陡又峻，他们每人肩上挑着满满的两番薯箅番薯，依然身轻如燕。一个妇人站在道坦上看到这一幕，惊呼起来："快来看呀，大家快来看呀，对面山上那七个人简直就像燕子一样飞下来啦。"众人纷纷走出家门看热闹，只见七人一路上都没停歇，不一会儿就把担子挑到了番薯坦，神情轻松，都没有喘大气呢。

不过，他们也因为"随口凑"而留下一件让龙井胡家懊悔一生的事情。那时候，龙井周边地带丛林密布，为了好种地，兄弟七人决定烧土泥灰（也就是山灰）做肥料。他们砍了300担柴火，在末儿坑烧土泥灰。300担柴火，每一担都超过150斤，这数量得有多大呀。烧土泥灰产生了浓烟，一个行人经过这里，问："你们烧山灰呀？"答："是的。"行人又说："你们是烧大灰（玉壶方言，指大堆山灰）呀。这堂（堆）灰真大呀。"答："是的，大灰，大灰。""灰"这个词在玉壶方言里有两种含义，一是指山灰，二是指败下去的意思。据说，除了胡文溪，其余六兄弟都开心地回答了行人的话。后来，除了胡文溪子孙绵延，人口众多，其余六兄弟的后裔都不多。村民将此归于"大灰"和"随口凑"一事上。不过，这谁又能说得清，道得明呢？

和样在龙井东侧。也不知道哪一年，也不知道是什么原因，一户刘姓人家从南田牌坊坦搬到了和样，在这里种地砍柴，赖以生存。刘家原为大户人家，家底殷实，因为和样处于林深树密之处，常有一些不法之徒前来"敲竹杠"。不堪其扰的刘家人就在房子前面造了炮台，架起了枪炮，日夜派人守着。从那以后，再没人敢来和样敲诈与抢东西了。

村民胡克沈告诉我：自古以来，枫树坪多野兽。直至 20 世纪 50 年代前，枫树坪还有老虎。20 世纪 40 年代中期的一天早晨，天刚蒙蒙亮，其父胡钜炉前往山里种菜，在朝对尖里面和鲤鱼尖下面的上爿田，只见一只老虎蹲在草坦上。惊慌失措的胡钜炉转身就往和样溙头跑，等他叫来几个村民一起回到草坦上时，发现这只老虎已经死了。"虎死留威"，说的应该就是这种情形吧。不一会儿，有几个泰顺人赶了过来，说老虎是他们用毒箭射死的。村民见此，也觉得老虎该由泰顺人来处置，就没说什么。于是，一群泰顺人拿来竹竿和绳子，把老虎绑了抬下山。却说当年玉壶本地有两个非常强势的男子，一个名为"存仪"（谐音），一个名为"乌理黑"（谐音）。两人得知此事后，在路上拦住这群泰顺人，恐吓道：泰顺人到玉壶来打虎，要赔偿。双方谈判的结果是：老虎归玉壶人，泰顺人离开玉壶，以后再也不能来玉壶打虎。最后，老虎肉被存仪和乌理黑分了，老虎皮被送到三港殿。20 世纪 80 年代，三港殿失火，老虎皮也被烧毁了。在此，请允许我深深地叹息一声：可惜了。

我们再来说说枫树坪与华侨的关系。胡克沈告诉我：20 世纪 30 年代，因为经济萧条、生活困难，村民胡忠鹤、胡崇力、胡允仕、胡克球、胡克善、胡顺达、胡从利、胡克村、胡绍松等人相继前往新加坡和意大利等国谋生。其后，胡忠鹤、胡克球、胡克善等人转往荷兰定居。再往后，他们给家人和亲戚朋友办了出国手续。如今的枫树坪，家家户户都是华侨，有的甚至全家移居海外，村里常住

枫树坪老屋　胡美娟摄

人口只有几十人。

旧事、旧情、旧人，随着时光的流逝都过去了。风过，就是一天；雨过，就是一季。近处，枫树刚长出嫩绿的芽苞，在微风中摇曳着。远处，黛青色的群山连绵起伏，那绰约的山影带给人无限的遐思和怀想。坐在枫树坪宫的枫树下，山风拂来，听枫树坪人讲着山里的故事，感觉时光也在传递着大山那化解不开的浓浓的味道，淳朴而纯粹。

春天在，山水在，古枫在，微风在，流水在，枫树坪的故事一直都还在。你想听吗？你愿意静下心来听吗？

龙井·潭水

从枫树坪宫出发，先向北行约 100 米，再往东走约 500 米，只见一条清澈透明的溪坑在阳光下闪闪发亮，水叮叮咚咚地流着，这就是龙井坑。一座钢筋混凝土结构的小桥横跨在龙井坑上，其北侧有一个村庄，以坑名命之，便是龙井自然村了。想来是龙井水浸润着这个美丽的小村庄，你看：圆圆的朝对尖峰，寂静的五显爷殿，两条崎岖的小路像草绳一样在杂木丛中向远方延伸……一切都是柔柔润润的。阳光斜斜地倚靠在树上，或躺在树叶下懒懒地睡着。时光柔软，一切都是那么温暖。此刻，我也想化作树下的一棵青草，没有任何思想，没有任何琐碎，没有任何约束，想睡就沉沉地睡，想笑就爽朗地笑，一切都是那么自然。

一位村民陪着我沿着水坑往南走。坡道西侧装有护栏，前方有一处豁口。我们走出豁口，远看近看，只觉得一切都很惬意：风绕过参天的古木，穿过耸峙的朝对尖峰，淘气地触碰了一下龙井坑水，

朝对尖峰

龙井水库

发出欢快的笑声，又转身轻盈地向龙井水库奔去。见此，我的心顿时也欢愉起来。

龙井坑边群山环抱，绿树浓荫，流水潺潺，气候湿润，利于草木生长。龙井坑发源于凉水坑，水流一路从北向南依山而行，奔流不息。到了龙井坑，由于激流的旋蚀，经年累月，竟然冲刷出一个又一个形状各异的深潭，俗称龙井。龙井，顾名思义就是龙躺过的一个个井。潭连潭，澄澈晶莹，碧绿如翠，令人赏心悦目。抬头，只见几只燕子在枝头长腔短调地卖弄着清脆的喉咙；低头，潭水里倒映的树影让人忘却一切琐碎。我忽而想到，唐代诗人常建《题破山寺后禅院》里的那句诗"山光悦鸟性，潭影空人心"，写的可是此情此景？

穿过时间的隧道，我仿佛看到一双纤细的手从大自然的怀里悄然伸出，以鬼斧神工之技艺在这块巨大的岩石上凿出一口口深潭，劈出一面面峭壁。长年累月，栉风沐雨，这片土地接受着自然丰硕果实的献礼，山林里，坑水边，终是长出了一簇簇葱茏绿意，与日月为伴，与山水相依。

龙井，多干净多纯粹的一个词，此名何来？传说很久很久以前，这一带没有人居住，龙井坑的金鸡潭里住着两条龙，一雌一雄。不知什么时候，有人搬到了凉水坑。有人居住的地方，免不了有污水，于是龙井坑水便有那么一点点脏了。两条龙受不了，就逃到枫树坪宫前方的一棵大枫树下。这棵大枫树有一个大窟窿，里面蓄满了纯净之水，于是它们就住了进去。为了发泄内心的不满，两条龙时常兴风作浪，导致枫树坪一带雨水不断。

话说玉壶外村西江居住着一位池姓师公，会降妖捉怪，尤其擅长降龙。说来也巧，有一天，池师公进山捉妖路过枫树坪宫的大枫树下，一滴水落在了他的手臂上。池师公抬起头看见那个大窟窿，于是他爬上树，发现里面住着两条小虫，再仔细一看，辨认出这是两条龙。他就从腰间解下一个小瓶子，把两条龙捉住塞进瓶子里。池师公高高兴兴地回玉壶，过了蒲坑口，到了门前垱，感觉有点困，就把瓶子挂在一棵乌桕树上，打起盹儿来。这时一个放羊的孩子路过此处，看见瓶子里有两条小虫，很是好奇，便捡起一块石头砸向瓶子。"砰"的一声，瓶子碎了，两条龙争先恐后地逃了出来，雌的往东逃，雄的往西逃。惊醒过来的池师公拔腿就追，他向东一直追到陈潭，捉住那条雌龙，又拔下自己的两颗门牙，把雌龙压在水底。龙沉水底，因此陈潭被称为"沉龙潭"，那座山也被称为龙潭背了。再说那条雄龙向西边一直逃，逃到了三甲坳的小荷尖（也就是高尖）。小荷尖有一潭水，雄龙就居住在那里，故此潭水也被称为龙井。20世纪70年代前，玉壶大旱，本地有人组织起来求雨，他们到枫树坪宫抬出陈十四娘娘塑像，前往小荷尖去偷龙水，令人惊奇的是，竟真的下起雨来了。另外，平日大暴雨将要来临时，玉壶一地首先出现龙躁（玉壶方言，指闪电）的地方都是小荷尖。神乎？

　　关于龙井和龙，玉壶人有这样两句俗语：龙洗了一色（玉壶方言，指龙玩耍时尾巴甩来甩去，身子滚来滚去，把一些不平的地方都变光滑了。因此也引申为光溜溜的，什么都没有的意思）。你扣么是小荷尖的龙躁一色，贼念事都给你晓得（玉壶方言，指你好像小荷尖的闪电一样，什么事都是你最先知道）？这些话是怎么来的，我无意探寻，也无以探寻。

　　至于这些潭是怎么来的？好几位村民告诉我，是两条龙在龙井"又潭"（玉壶方言，指龙在追逐玩耍时，尾巴或身子甩来甩去，砸出了一个洞）时形成的。当然这些都是传说，不必当真，也就听听过过瘾。

　　我们再来看看这几个潭的形状，说说现实中的故事。龙井坑最上方的那潭水被称为水牛潭，此潭的来历与龙井始居者胡理勳有关。当年，胡理勳家里养了一头水牛。一天中午，胡理勳牵着水牛往家里赶，路过龙井边上时，又渴又累的牛一看见水就直往前冲。它趴到龙井坑边喝水，一不小心就掉进这个深潭里，费了很大的劲儿还是爬不出来。胡理勳的7个孙子闻讯赶来，用绳子套住牛的四肢和头部，花了好大的力气，终于把牛拉了上来。由此，该潭被称为水牛潭。

　　水牛潭下方是瓜瓢潭，形状就像一只扁长的瓜瓢，还有一个长长的柄呢，传说是龙的尾巴甩出来的。瓜瓢潭下方是锅灶潭（玉壶方言里的灶台叫锅灶），因其形状像农村的灶台，故名。

　　锅灶潭下方就是酒缸潭。酒缸潭外形像一个酒缸，上小下大，底下很深。有一年，龙井一户人家请乌理黑在龙井坑边上锯了一根木头，准备作为房子的大门梁。乌理黑用一根铁链绑住木头，准备削了皮减轻一点重量再搬走。这时意外发生了：铁链断了！木头滚到龙井坑里，铁链则掉进酒缸潭，沉了下去。这时，大家纷纷议论，

瓜瓢潭

酒缸潭

这铁链可拿不回来了。主家拿出一块银圆，说谁要是能捞起铁链，就赏一块大洋。那时候的一块大洋，可不少呢。于是深谙水性的乌理黑跳进酒缸潭，把铁链打捞上来。事后，有人拿了一绞（玉壶方言，指一捆）麻线，下方垂挂着一块小石头，然后一点一点地"放"进酒缸潭里，一绞麻线都没入水里。我问：一绞麻线有多长？村民答：约有50米。这说明酒缸潭的水深至少有50米。

最下方就是金鸡潭。金鸡潭位于峭壁之上，站在酒缸潭边上根本就看不到，我只好沿着石壁往下爬。但石壁实在太陡峭了，爬到一半，我的脚就有点颤抖了。边上的一位村民伸出手放在峭壁上，让我踩在他的手边上。我抓住石壁上的小树枝，好不容易站在一处凹进去的地方，拍下一张金鸡潭的照片，又赶紧爬到上方的平坦之处，心怦怦直跳。村民告诉我，金鸡潭比酒缸潭深，可谓是深不见底。因为金鸡潭的地理位置特殊，一般动物难以到达，据说只有当年那两条龙在金鸡潭里住过。每年夏季，台风引发的山洪挟带着上游的泥沙和石块冲进金鸡潭，如今此潭已是越来越浅了。

春光和煦，我坐在龙井坑边晒晒太阳、伸伸懒腰，满身心尽是舒畅。岸上，花影扶疏，微风柔柔；眼前，流水潺潺，一片静谧。龙井坑洋溢着温柔的笑容，慰藉着我纷乱的心。不管你的心有多少褶皱，龙井坑的水都能给熨得平平整整。有空，你不妨来这里坐坐。

龙井老屋尚在否？我想去看看。沿着龙井坑边一条小路往前走，沿途的杂草树木都长到路上了。约行20米，只见一座石板桥横跨在龙井坑上，几棵高大的松树就那么直直地站在桥头。继续前行约10米，树下草木间出现一堵堵残破矮小的石头墙。走近一看，颓败的泥墙老屋里，楼梯、灶台都还在，只是已经没有了烟火气息。野草却肆意张狂，长势逼人。它们在完成守护家园使命的同时，也开出了最娇艳欲滴的黄色或暗红色的花。

村民告诉我，龙井北侧的顺鹤旁山有一长一短两根石柱，长的那根高约30米，通身笔直，光溜溜的。传说古时候，一位神仙挑着两根石柱去平阳坑造桥，路上遇到一位男子。男子问："您怎么挑着石柱呀？这很重吧？"见被道破天机，神仙一气之下就把石柱扔下，转身走了。这两根石柱就这样永远留在了这里。我想去看看，可村民说，林深叶密，根本就走不进去。甚是遗憾。

沐浴着暖洋洋的阳光，听着鸟儿和泉水合奏的天籁之音，忽而想到：这里多静谧呀！如果在这里盖上几间房子，约上几位好友一起来居住，那我们的灵魂就能妥妥地得以安放了。灵魂适合居住在安静干净的地方，比如龙井坑边、朝对尖下和凉水坑旁那一间间木结构的老房子，那才是我们的家园，我们想回去的地方。就像这顺鹤旁山的石柱、圆岩和金鸡潭，它们就那么静静地、无所事事地躺在天地间，一年、一百年、一千年、一万年甚至几万年，静听风声，静赏枫景，静度岁月，如此便好，如此便好。

一阵风拂来，长风如歌，那是林间最美妙的音乐。

红岩洞·蝙蝠

红岩洞在哪里？沿着龙井五显爷殿前方的公路往东走，过和样（原名和尚，传说此地北侧有一个和尚堂，故名。"和尚"与"和样"谐音，村民就称此地为和样），复前行约500米，到了一处弯道停下来。村民告诉我，红岩洞就在山坎下方约50米处。

公路下方是斜坡，泥土松动。村民在前，我跟着，我们小心翼翼地往下爬行。到了下方，地势稍平，藤藤蔓蔓互相交织着。我一不小心打了一个趔趄，赶紧伸出手抓住一条树藤，才不至于摔倒。

红岩洞洞口

一块大石头出现在我们面前，其西面有个洞口。洞口不大，能容下一个人的身子。我探身向前，匍匐着前进，里面黑黑的，心里一惊，还是退了出来。村民告诉我，曾有人爬进此洞，发现里面有两个香炉，应该是和尚堂的。

我们继续前行约 10 米，前方出现一块巨大的石头。大石头的西侧有几块岩石相互叠放着，中间形成一个洞口。"红岩洞！"我高兴得直呼起来，然后小心翼翼地绕过藤藤蔓蔓，弯腰曲背爬行到了洞口。洞口向下，约有一间房子大小。

为何称为红岩洞？洞口边上这块大石头有数条红色的条纹，在阳光下闪闪发亮，故名。因为此洞在龙井，也称龙井洞；因为洞内多蝙蝠，又名蝙蝠洞。

胡克沈告诉我，红岩洞究竟形成于何时，已无从查询。古时候，龙井一带岩石众多，估计是因为地壳运动，岩石之间产生挤压，岩堆岩，岩叠岩，岩挤岩，岩碰岩，逐渐形成众多的岩洞。红岩洞里蝙蝠很多，多到不计其数。每到傍晚，成群结队的蝙蝠黑压压地从洞里飞出来，四处寻觅蚊子之类的食物，那个场景煞是壮观。有的蝙蝠翅膀张开足有斗笠那么大，发出"吱吱吱"的叫声。村民见到都唯恐避之不及。村里的灰铺、厕所、房子、树上、杂草上，都停满了蝙蝠。

村民胡洪波告诉我，此岩洞有多深，没人能说得清。祖祖辈辈的龙井人都说，红岩洞从龙井一直"通"到玉壶的石壁（玉壶金钟寺对面水域的岩壁），那里也有一个洞口。一次，有人用撑篙在石壁洞口的岩石上用力叩击，龙井这边的人能听到"咚"的一声。

在龙井还流传着这样一个令人伤心的故事：红岩洞北侧原来有一座寺庙，名曰和尚堂，里面住着好几个和尚。和尚表面上吃素念经，伴随青灯古佛无欲无念，背地里却杀人吃人。寺庙门口有一个"踏笼"，如果来人多，"踏笼"就会关闭；如果只有一两个人前来烧香拜佛，"踏笼"就会打开。和尚会把落入"踏笼"之人捉住，杀了吃。时间久了，村民也渐渐知道了这件事，就有人许愿求助于神仙。一个漆黑的夜晚，天上电闪雷鸣，"轰"的一声，雷电击中和尚堂，和尚堂倒塌了。因为地下有"踏笼"，房子都陷了进去，成为红岩洞。红岩洞前方的一个村庄被称为"和尚"（即和样），上方的一个村庄则被称为"和尚漈头"（即和样漈头）。

在流传下来的故事里，最早进入红岩洞的是一个名叫"山老鼠"（此人因为身手敏捷，故有此绰号）的人。山老鼠生于哪个年代？已无从查考。我们只知道山老鼠是下朝对尖人。虽然在此之前，红岩洞从无人敢涉足，但村民对红岩洞甚为好奇，各种传说都有。山老鼠胆子大，于是决定下去一探究竟。一个晴天的早上，山老鼠带着一条狗、7斤蜡烛、一只灯笼、一条长绳、一些番薯枣与水走进了红岩洞。从洞口往下，第二层左面有两个洞窟，右面有三个洞窟，都是相连的。第三层有三四个洞窟，洞内阴暗潮湿。山老鼠借着蜡烛的亮光向前走，发现里面有锄头、犁、牛轭等农具，但都是泥做的。山老鼠一时怒起，拿起身边的一块大石头，把这些农具都砸碎了。走了许久，前方也没有尽头，于是山老鼠又折了回来。回来时，蜡烛熄灭了，火柴也没了，山老鼠只能摸黑前行。还好，狗认得来时的路，带着他跌跌撞撞地走出红岩洞。说来也奇怪，山老鼠回来后，身体状况一直不好，经常表现出很恐惧的样子，没过几个月就去世了。

从那以后很长一段时间里，都没有人敢再去红岩洞。直到20世纪40年代，玉壶有两个年轻人因为好奇，相伴一起来到红岩洞洞口，因为踩到了松动的石头，走在前面的人掉了下去，后面的人也跟着往下掉。结果前面的人当场死亡，后面的人也受了重伤。从此，又有一段时间没有人再敢涉足此地。

《文成见闻录》一书将该洞称为"枫树坪蝙蝠洞"。其内容如下：蝙蝠洞位于玉壶枫树坪山间。洞深暗，时传怪异，人莫敢入。1962年秋季的一天，村民发现洞口有男女逗留，疑为匪人，便报区政府。县公安特派员鲁钦选率民兵数人至枫树坪，得知早年有营前父子三人进洞一次，挖出许多蝙蝠粪。鲁钦选决意入洞探查，他和民兵配备武器、手电筒、手梯等前往。洞口呈圆形，能俯身而入。进洞数步，有斜坡下行，继而平坦。再行数十步，遇陡壁要扶梯而下，见一石室，深广各丈许，缘甬道斜坡前行，内有大石室，可容百余人。离石室数丈外，有一黑洞垂直而下，深不见底。洞内阴森潮湿，除蝙蝠粪外，别无他物。

时间到了20世纪70年代初，玉壶收购站一个名叫日流（谐音）的工作人员拿着好几个麻袋，来到枫树坪告诉村民：蝙蝠粪可以当药，也可以当肥料，去红岩洞拾取一些蝙蝠粪晒干，可以拿到玉壶收购站去卖。随后，日流就把麻袋分给村民，叫他们去捡蝙蝠粪。村民觉得洞内幽深，不敢去。家住周南乡南阳村的阿汉有一次来枫树坪走亲访友时告诉村民，蝙蝠粪很贵，30 元 / 斤。30 元，那绝对是一个巨大的诱惑。于是，村民延楷、志强、阿珊、洪波等人背着麻袋来到红岩洞。到了洞口，一人将绳子系在洞上方的一块石头上，几个人前后拉着绳子往下走，到了下方的洞窟里，只见头顶上的石壁有一条缝，滴滴答答往下滴水。石壁上满是蝙蝠，最上方的蝙蝠用后脚的尖爪勾住缝隙，把身子倒挂下来。其下的蝙蝠勾住上方的同伴，就这样，它们一串串倒挂着，多得不计其数。地上都是蝙蝠粪，厚度足有 1 米。因为粪便多，每个人都步履维艰。每个洞窟的石壁上都有粉笔画着"左弯、右弯、中弯"之类的标记（有人说，20 世纪 50 年代，有几个乐清籍的年轻人在玉壶象岗寮教书，曾来红岩洞探险，这标记或许是他们留下来的）。延楷和志强等捡了一些蝙蝠粪塞进麻袋，便不敢再多耽搁，急急地走出红岩洞。等他们晒干蝙蝠粪以后，日流却说不收购了。从那以后，再没有人去红岩洞捡蝙蝠粪了。

自 20 世纪 80 年代起，不知什么原因，村里的蝙蝠渐渐少了。如今，村里已经没有蝙蝠了。有个别胆子大的村民曾去红岩洞，发现洞内的蝙蝠粪仍然铺满地，厚度约有 50 厘米。

一月又一月，一年又一年，龙井人或搬迁到玉壶，或移居大城市，或迁居海外。想走的，能走的，该走的，都离开了这里，只留下空寂无人的大山和那个刻印在龙井人心里的红岩洞，守望着这片纯净的土地。

沿着来时之路，沿着岁月的痕迹，我一步一步离开龙井，离开枫树坪，走过枫树坪宫，走向枫树坪岭。蓦然回首，只见那几棵枝干遒劲的枫树依然伫立于路边，静静不语地注视着我。在阳光下，在微风中，它们顾盼生姿，它们的风骨里有岁月的沧桑，有历史的深邃，也有时间的厚重。

　　太阳慵懒地挂在树梢，秋风把远山近水和山里特有的泥土气息刮进我的鼻子里，一切都是那么的清新自然。远远地注视着枫树那巨大的树冠，我想：今后无论时光如何匆忙，日子如何混沌，现实如何不堪，我都要沉得住气，静静地欣赏一树经霜枫叶的容颜、一束温暖阳光的倾泻、一潭龙井坑水的静谧。我心里永远有一棵枫树坪的枫树，向阳而生，满怀对生活的热爱和憧憬，守住生命的美好。

叶坪

也灿烂 也久远 也沧桑

　　1968年诺贝尔文学奖得主川端康成用近乎吝啬的文字拉开《雪国》一书的序幕："穿过县界长长的隧道，便是雪国。"我没有这般驾驭文字的能力，但还是想套用这段话拉开本文的序幕：从玉壶出发往李山方向前行，约25分钟车程后，右侧出现一条长长的隧道——叶坪隧道，穿过去，便是叶坪。

　　叶坪村位于李山东侧、林龙东南侧，东面挨着瑞安枫林一带。叶坪由叶寮、木短、大湾、下小坪、西山等自然村组成，新中国成

近山青翠，远山苍茫

立时属李东乡，后属李林乡、枫林乡，1955 年复归李林乡，其后依
次变更为叶坪公社、叶坪大队和叶坪行政村。叶寮由田垄、西山坑、
外坦屋、老屋丼和柴样底等地组成。叶坪建村时，取叶寮和下小坪
各一字为村名，村委会驻地在李山。

　　叶坪藏于群山之中，藏于连绵起伏的绿色里。这里海拔 723 米，
山高坡陡，气候湿润，利于农作物种植。大湾尖、茅草架、木短山、
柴样底等山峰在这里簇拥。碓坑（发源于柴样底，因坑里有一个踏碓，
故名）、大湾坑和西山坑之水从村里经过，或安静，或喧闹，依山而
过东岩，汇入飞云江。

叶公卿·叶大将

在李山、林龙、叶坪和瑞安东坑一带有这样一种传说：李山的李张己、林龙的林知县、叶寮的叶公卿、梅山的梅太师都是同一时代的人。此四人非官即商、非富即贵，后因江西阴阳先生前来破坏各地风水，导致各个家族没落了。

叶坪人世代相传，叶坪始居者姓叶，叶寮这个村名的来源也与叶姓有关。叶姓人从平阳搬迁至此，住在草寮里，因此，该地被称为叶寮。玉壶方言里的"寮"与"龙"同音，也有人将叶寮写成叶龙。

如今的叶坪车站后方有一座山，山势高，长满树木杂草，叶寮人称之为柴样。柴样北侧有一个山坳，山坳里有块坪坦，故称柴样底。传说中叶家就住在柴样底。柴样底有一块石头形似狗头，故名狗头岩。其北侧约50米处也有一块大石头，村民称之为大岩头。

到了叶公卿这一代，叶家有两兄弟：哥哥是文官，为朝廷中的高级官员，位居三公九卿一列，故人称叶公卿；弟弟是武官，为一员大将，故人称叶大将。如此显赫的叶家，最后竟然没落了，这是怎么回事儿呢？

传说中叶公卿与张阁老（张璁）关系很好。张璁为明嘉靖年间的内阁首辅。张璁是浙江温州人，严嵩是江西人，两人政见不合，矛盾日益加深。有一次，严嵩向皇帝奏了一本，说令京都巧匠制作一只龙凤鼓，要用上岭南的檀木和浙江人的肚皮。严嵩还强调说温州人多肥胖，皮厚且韧，舍此世上再无良皮。张璁在朝堂上力争道："浙江人皮上多孔，孔中透水，不宜制鼓；江西人皮上无孔，适宜制鼓。皇上若不信，可以试试。"次日，张璁让朝堂上的浙江籍官员喝热稀饭，结果个个满头大汗；而江西籍官员不知情，喝了冷稀饭，人人都没出汗。皇帝见其所言不虚，于是就用江西人的皮做了一只龙凤鼓。严嵩被张璁算计，怀恨在心。明斗不行，那就暗斗。于是，严嵩就派了一个阴阳先生到温州一带破坏风水，让温州人不得安生。阴阳先生到林龙，在底林龙后畔山挖了一条深沟，导致林知县及其五个儿子离奇死亡；随后去周山吴垟，破了吴垟水口风水，导致吴七郎被杀；接着又到瑞安梅山，毁了当地的风水，导致梅太师死亡……

话说阴阳先生在李山、林龙一带转呀转，就来到了叶寮，查看地形后发现叶寮柴样底的两块石头——狗头岩和大岩头是雌雄岩。雌雄岩白天分开，人们可以自由进出；夜幕降临，雌雄岩慢慢合拢，外人就无法进入。因此，叶寮一地都没有人来抢劫，也没有人来敲竹杠。雌雄岩为什么白天分开，夜晚合拢呢？原来叶公卿家后门有一棵枫树，能感知白天黑夜，然后告知雌雄岩什么时候分开、什么时候合拢。于是阴阳先生装扮成一个过路人来到叶寮与叶公卿母亲交谈。阴阳先生问："伯母，您的孩子呢？"叶母说："两个儿子和三个孙子都在京城当官，已经三年没回家了。"阴阳先生说："您如果想要儿子和孙子回叶寮，我告诉您一个很简单的方法，只要把您家后门的那棵枫树砍了，孩子们就都回来了。明天中午您就去砍树，我保证您的儿子和孙子都会很快回到叶寮。"俗话说："儿行千里母担忧。"这份担忧是与生俱来的，是在夜深人静时悄悄地从灵魂深处爬上心头的。叶母日思夜想的就是孩子们承欢膝下。如今只要砍了树，就能让儿孙回来？那可太好了，叶母想都没想就相信了。

次日中午，阴阳先生杀了一条白狗，带着一盆狗血来到柴样底。他在雌雄岩之间挖了一条沟，把狗血倒在沟里。与此同时，叶母也开始砍枫树了。说也奇怪，一刀砍下去，枫树竟然流血了，那血鲜红鲜红的，汩汩地往外冒。为了能让儿子和孙子早点回来，叶母使劲地砍，到了最后，鲜血流了一地，枫树倒下了。此时，天地间忽然狂风大作，一片漆黑。过了好久好久，太阳出来，群峦重现，一切又恢复正常。可奇怪的事情也随之发生了：从那以后，雌雄岩再也合不拢了。夜晚，外人可以随意出入柴样底。叶寮的风水被破了。

生命无常，世事难料。枫树被砍以后，阴阳先生的话应验了：七天后，叶公卿兄弟俩和叶家的三个孙子回来了。不过，他们回来的方式却让人悲痛欲绝：那是五副灵柩。怨念未尽，爱恨难了。半生红尘，何处安放？叶公卿和叶大将以最无奈的姿态把自己框在灵柩里，回归家乡，因为这里有他们日夜想念的父母，有他们听之不厌的乡音，有滋养他们成长的青山绿水。那一天，叶寮下着毛毛细雨，雨从檐角落下，风在哀思中穿行。护送灵柩回来的仆人告诉叶母：不知怎的，叶公卿和叶大将突然之间得了急病先后去世；不久，叶公卿的三个儿子也相继莫名其妙地死亡了。一切都没有征兆，五个人就这样没了。叶落归根，回家，回归叶寮，入土为安。五副灵柩安放于田垄这片黑土地上。无尽的悲痛和思念在叶寮大地上弥漫着，升腾着……

今日灵柩来别汝，死生从此各西东。雨水与泪水交织，叶父叶母一步一唤，听得人肝肠寸断。白发人送黑发人，那是一个家庭永远无法痊愈的伤痛，只有经历过的人才会懂。一抔黄土掩盖了五副灵柩，村民的眼泪扑簌簌地掉了下来。那雨与人们的悲痛融合在一起，每一滴雨水都是叶寮人为叶公卿兄弟俩流下的泪珠。那一天的叶寮，悲伤逆流成河。生命的虚无、洁净和哀伤，都化入柴样底的时空中。

柴样底的风水被破，不能再住人了。叶父叶母搬离柴样底之后，到底去了哪里，已经无人知晓。从那以后，柴样底又回到最初的样子，只有树木杂草，再无鸡鸣狗吠。如今，叶寮已无叶姓村民。

去看看叶公卿和叶大将的墓地吧。我们从西山坑出发，沿着前方一条山间小路前行，约一分钟就到了田垄，再顺着西侧一条小路往下走，约 30 米处的山坳里出现一座坟墓。没有墓碑，春草青青，几张黄纸被风扬起，那一块块垒砌的石头沉默着，这一切似乎在无言地诉说着曾经的故事。村民告诉我，每年清明节，叶寮人都会给叶家兄弟扫墓，祈求他们护佑这里岁月静好。

一位老伯告诉我，柴样底的树木是风水柴，叶母砍了风水树才导致这场灾难。从那以后，村里就有了一条不成文的村规：不准砍伐柴样底的树木；如若有人不遵守此约定，就要被罚款。时间到了1958 年，我国兴起"大炼钢铁运动"，叶寮大地上竖起高炉进行炼铁。炼铁需要柴火，怎么办？只能砍伐柴样底的树木。村民涌到柴样底，割草的割草，砍树的砍树。1960 年初，"大炼钢铁运动"结束，人们就不再去柴样底砍树割草了。

一位村民还跟我说起这样一件事："文革"期间，叶坪公社派人在柴样底挖水塘，李山的阿奎来叶坪做监事。打地基时，竟然挖出一个磨盘。有磨盘就说明此地曾有人家，但据说柴样底只有叶家住过。所以这叶家的故事到底是传说，还是真的存在过？谁能说得清？

我想去柴样底看看，可村民说，那里树高林密，地上的落叶一层又一层，像我这个样子，根本就去不了，于是只好作罢。村民还说，柴样底菌类很多，每年二、三月，一些村民会前去采摘，味道可好了。我站在叶坪车站，遥遥地望着柴样底，感觉那里就像一块圣地，树木层层叠叠、绿意葱茏。一块巨大的石壁在阳光下格外显眼，那就是大岩头吧。可惜只能远观，无法近看。

不知道哪一年，叶寮人在碓坑边上建了水口殿，塑了两尊佛像：一尊是叶公卿，一尊是叶大将。一文一武，分坐两边，守护着叶寮。

村民告诉我，叶公卿曾显过灵。究竟怎样显灵的？村中流传着这样两件事。一次，一个青田人来叶寮打老虎。到了叶寮，青田人先到水口殿点了三炷香，嘴里念叨着："敬拜地主叶公卿和叶大将。

此番我来叶寮打老虎，如果打死了老虎，虎皮献给你们，我只带走虎肉。"当晚，叶公卿托梦给青田人："你快出去看看，老虎已经死了，就在前面山上。"不久，天亮了，青田人到梦里叶公卿所说的地点一看，果然有一只老虎躺在草地上，是被毒箭射死的。青田人心想：自己毫不费力就得到一只老虎，真好。一时心里起了贪念，他叫人帮忙把老虎捆绑起来，又雇了两个人将老虎抬回青田。三人走呀走，到了柴样底大田头。不知怎么了，三人忽然觉得肚子不舒服，紧接着就疼得非常厉害。不一会儿，每人都手脚冰冷，直冒冷汗。青田人意识到自己做了错事，没把虎皮给叶公卿和叶大将留下。于是他挣扎着，嘴里念叨着："我把老虎皮送给你们，我只带走虎肉。"话刚说完，三人肚子就舒服了一些。接着，三人把老虎抬到水口殿，剥下虎皮，敬献给叶公卿和叶大将。说来也神奇，三人的肚子立马都不疼了。于是，他们又踏上前往青田之路。

还有一件事更离奇：话说民国时期，董希算做保长，国民党军队来叶寮抓壮丁。董希算已经算好叶寮有多少壮丁，准备那天晚上趁村民看戏时动手，那肯定一抓一个准。当晚，叶寮水口殿在上演夜戏，戏台前方悬挂着两盏汽灯，明晃晃的。村民正看得入迷，董希算带着国民党士兵走进来，吹起了口哨。可不知怎的，戏台上的汽灯突然之间就黑了下来。人群一片混乱，人们四下逃跑。过了一会儿，汽灯又自动亮了，董希算没有抓到一个壮丁，气得哇哇大叫。村民说，这是叶公卿和叶大将不忍心看着村民被抓，显灵了。

村民说得有板有眼，我听得一愣一愣的。这两件事可信吗？如何来解释？我想，这世上本就有许许多多无法证实的蹊跷，偶然与必然之间，本来就没有距离。

时光里总有一些人，静静地来，淡淡地去，就如叶寮的叶家人，来了，走了。忘了在哪里看过这么一句话：生命里所有的灿烂，都将用寂寞来偿还。只是,这灿烂太短暂了,这寂寞太漫长了。长叹息呀,长叹息⋯⋯

在汹涌的时光河流中,那个最初走进叶寮的叶姓男子就像一阵风,消失在岁月深处,遥远得只留下一些模糊不清的传说。

我见过水口殿里的叶公卿塑像,目光里蓄满深情。我想:只有眼里心里深爱着这片土地的人,其目光才会这般柔软与温和。我也深爱自己的家乡,我懂这份深情。恍惚之间,我似乎听到艾青那令人潸然泪下的诗句:为什么我的眼里常含泪水?因为我对这片土地爱得深沉⋯⋯

叶坪将相今何在,既闻传说又见冢。叶公卿和叶大将留给世人的是一阕悲情的乐章、一段叶寮往事。他们的生命太短太短太短,叶寮人的思念太长太长太长。"是非成败转头空,青山依旧在,几度夕阳红。"成与败,悲与喜,属于叶公卿与叶大将的故事就这样谢幕了,消逝了,还有几人能记起?

繁衍·生存

继叶姓之后来到叶寮的是董姓。翻开《董氏族谱》,见到如下记载:家住平阳县四十二都田贡(现为平阳腾蛟)的董我若之长子董其绅,生于清康熙乙酉年(1705)农历五月廿九日,是田贡董氏第五世孙。不知道哪一年,因生活所迫,董其绅带着弟弟从田贡出发,一路风餐露宿来到大藏,想要买地盖草寮,但被告知需要缴纳10块银圆才能在这里居住。兄弟俩没有足够的钱,于是继续前行,不知走了多远,他们又穿过一片茂密的树林,站在一座高山上一看:此地山腰处地势平坦,茂林修竹,坑水潺潺流淌。好地方,可住人呀。他们不禁赞叹着。后经询问得知，要想在此得到一小块居住地，必须缴纳5块银圆。于是，董其绅交钱买了一块地，从此砍伐树木，搭棚起灶，落地生根。黄昏，草寮里升腾起一缕缕炊烟。此地即为叶寮，董其绅的草寮所在地即为老屋丼。其弟则继续前行，后来居住在朱雅吴坑。

时光清浅，岁月安暖。生活安稳下来以后，董其绅娶苏氏为妻，并育有五子：董永从、董永富、董永密、董永畅和董永笔。董永从生于清雍正丙午年（1726）正月十六日。董永从是在叶寮出生的，这说明董其绅于1726年之前就已来到叶寮。这样算来，从董家搬迁至叶寮，至宗字辈已历十代。

随着时代的发展，原有的住房已经无法满足人口不断增长的需求。董氏后裔董光景搬到大湾开荒种田。生于清道光己酉年（1849）十一月十五日的董振辰搬到了下小坪。原居住于老屋丼的董光瑞搬到了木短，并育有五子：董希料、董希科、董希钭、董希步和董希师。原住在田垄的董光亭在西山建了三间两层木结构的房子，并搬了出去。西山的另一个住户董光听是董光亭的堂兄弟，是一个有故事的人。董光听家住田垄，有一年国民党部队到叶寮抓壮丁，董光听被带走了。因为思念家乡，董光听趁黑夜逃了出来。身无分文的他步行到了安徽，在一大户人家当长工，吃不饱穿不暖，长年累月干着重活累活也只能得到一点点工钱。两年后，董光听拿到工钱就向东家辞行，他朝着家乡的方向一直走呀走。到了青田虹口正赶上下大雨，在过溪坑之际，风吹伞飞，他用力拽住，却因身体失去平衡掉进溪坑里。董光听拼命挣扎，终于上了岸，捡回一条命。董光听回到叶寮以后，董光亭便劝说董光听搬到西山一起居住，兄弟俩有个伴。就这样，董光听也到了西山。

如今叶坪董姓在册人口有700多人，但大部分人已搬到外地或移居海外，本地常住人口只有50多人。

木短老屋

　　继董姓之后来到叶坪的是王姓。据《王氏房谱》记载：家住瑞安湖岭西寮的王积启生于清嘉庆丙辰年（1796）农历六月廿三日，是湖岭王氏第廿九世孙。王积启是哪一年来到叶寮的？无从得知。王积启娶妻施氏，育有一子王日艮，王家以种田和烧炭为生。王家后裔现有100多人，大多居住于田垄和叶坪隧道口。

　　最后来到叶坪的是赖姓。赖氏原住西寮坳后方山，100多年前，他们移居下小坪，也是以种田、烧炭为生。叶坪赖姓始居者为谁，已无从查找。赖姓现有50多人，部分后人搬到了叶坪隧道口。

　　董、王、赖三姓族人来到叶坪以后是如何生存的？叶坪海拔高，适宜种植番薯、水稻、烟草、大豆、靛青和山茶。话说清朝中期，玉壶塘下街一带是商业集中之地，有人在塘下街和洗埠头边上染布。20世纪40年代中期，有人在店桥街和店桥尾开起了染布坊。那时候，农家种植棉花和苎麻，制成粗布，做成拦腰、布袋、蚊帐、夹被等，然后拿到染布坊染色。染色的原料是靛青，也叫蓝靛。除了玉壶，青田、瑞安和平阳等地也有染布坊。1820年以后，有人开始在李山、林龙和叶坪一带种植靛青。叶坪地处文成、瑞安、青田三县交界之地，风清气爽，阳光充足，得天独厚的自然环境促使村民大量种植靛青。

　　靛青的种植和制作工艺烦琐，但胜在妇女儿童也能参与劳作。田垄东侧约5里有一座山，名曰大湾尖。大湾尖半山腰有一个坪坦，村民在这里开荒，烧山灰当肥料，然后种植靛青。靛青的制作要用到靛青缸。靛青缸的位置一般都会选在田里：挖一个深约1米、直径2米多的土坑，先用石头或砖头砌一圈，再用沥灰抹平，这样，靛青缸就做成了。当年大湾尖的靛青缸很多，但具体有多少，已经无法得知了。如今那里还留存着一些靛青缸，只是因为丛林密布，人根本无法深入其中，一睹为快。

下小坪老屋

　　每年三、四月份，人们种下靛青，施肥、除草，细心照料；六、七月份靛青叶子成熟，大湾尖坪坦上遍地葱翠，绿浪翻滚；每年十月前后，是靛青加工的季节。

　　村民上山收割靛青叶子和梗，把老枝剁成约 20 厘米长捆成一束束来做"种"，放到番薯洞里存起来，等到次年清明前后发芽，再搬出来移植到地里。

　　收割下来的嫩枝和叶子则投入靛青缸里，加水，上压木头或石头，浸泡 3—5 天，蓝色尽出后，投入沥灰，反复搅拌；然后用一根约 2 米长的竹棍不停地打靛，等到水面起伏、水泡不断的时候就停下来，让其自然沉淀；捞出上方的腐枝后将水放掉，再把靛青缸中的蓝靛舀入大木桶中，沉淀后排水，留下来的就是纯正的靛青。

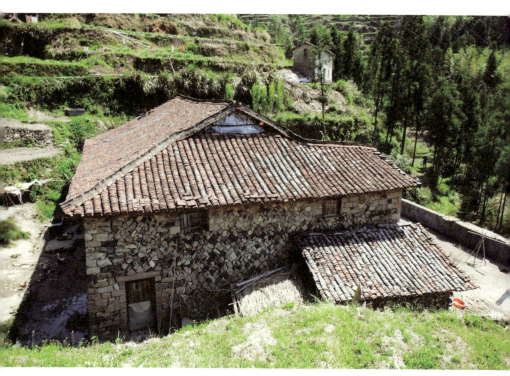

田垄老屋

　　靛青是怎么卖出去的？那时候有个特殊的称呼叫靛青郎，也就是专做靛青生意的中间人。林龙虎岭脚的胡明开就是靛青郎。靛青郎徒步行走到玉壶、青田、平阳和瑞安等地与染坊谈好价格、数量，再回到李山、叶坪、林龙等地跟村民谈好价格、数量，约定时间。届时，村民将靛青送过去。

　　与此同时，因为人口的不断增长，经济也处于不断发展之中。男子在山上除了种植靛青、番薯和稻子之外，还种植竹子、苎麻、茶树和桑树等；妇女则在家纺纱织布，养蚕拔草，养殖牲畜。

20 世纪 20 年代，叶寮一位村民跟随青田的朋友前往欧洲售卖石雕。其后，亲带亲，戚带戚，慢慢地，很多村民都出国了。20 世纪 40 年代，村民董上同在欧洲赚了钱，回国时，他雇人挑着一担银番钿回到叶寮，后来在玉壶北岸垟买了很多田地。20 世纪 80 年代，叶坪出国人口达到高峰。如今，村里大部分年轻人都在外地，留守村庄的大多是老年人。

叶坪，曾是一块荒凉的土地，数百年间，因为董、王、赖姓的到来，在时间和空间中孕育出绵延不绝的血脉，仿若岁月没有边际，仿若远方没有穷尽。就这样，一个个村庄建起来了，与山水长相厮守着。一代又一代叶坪人为了追求美好的生活，在这片土地上留下了一道道深深的印记。我们深信：叶坪还会一天一天、一年一年往时间的深处走去，直到永远。

古迹·故事

叶坪有着数百年历史，古迹无处不在：路坎下的苦槠树历经各个朝代的更替、风雨的洗礼，它的枝干愈发粗壮，它的木质坚如磐石，它依然挺立在原地与岁月抗争着，倔强而无所畏惧。碓坑边上，一棵枫树的枝干呈"丫"字形，那苍老的身子被斑斑绿苔覆盖着，老去的痕迹令人触目惊心，但枝头的绿意依然直指天空。叶坪水口殿后方的一棵奇楠沉香树，形如老妪负水，枝干左右横斜，但一直都在生长，叶子绿了、黄了、落了，周而复始。被杂草覆盖的蘑菇架古道，被脚板磨平的下小坪老路，洞口长满藤蔓的盘古爷洞，沉淀了一段又一段岁月。时间在它们面前成了坚守和执着的表达。

路坎下的苦槠树

奇楠沉香树犹如老妪负水

古　　道

　　叶坪四周群山连绵起伏，沟壑众多，树木葱茏，杂草茂盛，山间小路四通八达。1958 年，国家兴起"大炼钢铁运动"，此地木材资源损失较大。另外，烧砖烧瓦和做饭盖房等都要用到树木杂草，以至于山上光秃秃一片。玉壶本地人没柴火了，怎么办？到深山老林里去砍柴割草。曾有人到野猪塘去砍柴，野猪塘虽然山高路远，柴也多，但也扛不住这么多人来砍。有一次，一个前来砍柴的玉壶人与野猪塘人吵了一架。从那以后，玉壶人就沿着野猪塘继续往上走，去上百坳、朝对尖和鲤鱼尖等山上砍柴割草。这些山峰海拔高，经霜后的柴草干燥，所以炭场、东背、玉壶，甚至头渡水、南垟等地的村民也来这里砍柴割草。人们早上四五点出发，带着饭团、拿着冲担和绳子，到了叶坪大多已是中午，待砍了柴割了草再回到家都已是满天星辰了。

行走在古道上的除了砍柴人，还有上学的、走亲的、挑硬柴炭的。上百坳虽离叶寮较远，且山峰陡峻，但有许多硬柴。由是赖光里和董希钭等人结伴在山上搭起草寮，四五个人住在那里，烧好硬柴炭，然后挑到炭场、玉壶、青田、瑞安和平阳等地去卖。

从玉壶蒲坑口石板桥出发，沿着山背堂、蒲坑古道、大坪样古道、蛙蟆岭、东溪碇步、樟山岭、上坪庵岭、野猪塘下段岭往前走，这一段路都是鹅卵石铺就，相对来说还是好走的。不过，这一段路有一处峻岭在上坪庵岭的"两头端"。"两头端"在猪婆岩下方。单看"两头端"这个地名，我们就可以想象得到山岭的陡峻。两头被端着，上不去，下不来，这有多难，只有亲身经历过的人才知道。有经验的挑柴人到了这里，要把前头的柴火用力压到膝盖下方，后头的柴火由此就会翘得高高的，待稳住重心后，再慢慢地一步一步往下捱，如此方能顺利走过这段路。野猪塘上段岭、杆竹坳、西山、蘑菇架至西山坑这一段是泥路，路况晴天尚可，一旦下雨就满是泥泞，别说是挑着柴火，就是走路都很难。但村民不怕，他们必须要走过这条路。

1968 年，叶坪人挑着郴萁和硬柴炭前往玉壶与东坑等地去卖，那时郴萁的价格是 40 斤 / 元，硬柴炭的价格是 100 斤 /3 元。1982年，郴萁的价格是 15 斤 / 元。我来说两件事，你就能感受到那时候叶坪人的生活有多艰难。有一次，一个 12 岁的孩子前往大坪样瓦窑卖柴火。孩子穿着一件"江南布"做成的裤子，俗话说：江南冇好布，青田冇好货。"江南冇好布"这话好理解。那时候的江南布容易掉色，且不结实，但胜在价格便宜，所以很多贫穷人家还是买过来给孩子做衣服。至于为什么说"青田冇好货"呢，我还真不太明白。话说那孩子在路上走着，一不小心裤子被荆棘钩住了，撕拉开一道大口子，屁股露了出来，沿途不断有人取笑。12 岁的孩子已经有强烈的羞耻感了。那孩子自始至终都低着头，不说一句话。另一件事是发生在一个绰号为"大讲选"的村民身上。一天，"大讲选"挑着柴火从叶寮沿着古道前往玉壶，也是裤子被树枝勾住了，他用力一扯，裤子撕破了。"大讲选"急得直跺脚，大声叫起来："把我的肉撕开了也没关系，别撕破我的裤子呀。"极端的贫穷会令人自卑、无助、怯懦，毛姆曾说："我知道苦难无法使人更高贵，反而使人更卑微。"岁月幽暗的深处，不知掩藏了多少令人鼻子发酸的故事。我们只是偶尔想起，而古道却一直都记得。

　　叶寮通往瑞安的古道则是在南侧。从田垄、西山坑等地出发，过木短、下小坪、炉基、叶寮厂、水碓坑、坑根、毛坑口、岭脚、长滩、驳石、杜洋，一路翻山越岭到达东坑。叶寮至东坑的山路有 30 千米。那时候，叶寮属瑞安管辖，叶寮人将柴爿、树枝、硬柴炭等挑到东坑去卖，再将布匹、食盐、海鲜等挑回叶寮。古道上行人不断，有挑担的脚夫，有外地的客商，有沿途的居民，天光（玉壶方言，指早上）去，黄昏转。朝朝暮暮，春夏秋冬，从叶寮到东坑，从东坑到叶寮，无间断也。

　　为了看看这条古道的全貌，我们从西山坑出发，沿着块石铺就的古道向前走，一路上林木葱郁，水声潺潺。下小坪古道路坎暗处生了一层苔衣，颜色有的深、有的浅，浅处可见斑痕，厚处似绿毯，踩上去软绵绵的，甚是惬意。枝头的鸟鸣一声又一声，让树林更显幽深了。木短和下小坪的老屋还在，只是都已空无一人。下小坪一座老屋的道坦长满一人多高的杂草，似乎在宣告这是它们的世界。

叶寮至东坑古道

有的房子墙体倒塌，木檩指向天空，残瓦散落一地。继续往前，前方出现了一座桥，桥头竖立着一块石碑，上书：旅居荷兰的董希泽先生有爱国爱家乡精神，启动资金壹万壹仟元建造下小坪大桥。落款为：1995 年 9 月。

因为人生地不熟，且山中空无一人，于是，我们转身返回田垄。

随着叶坪隧道的打通，李山至玉壶公路、叶坪至东坑公路也相继开通。这几条通往外界的古道已经渐渐地淡出人们的视线，那曾被脚板踏平的鹅卵石陷进了深深的荒草之中，湮没了那些遥远的故事。我的目光沿着古道的方向望向远方，只看到一片苍茫。当年，是什么人踏上这一块块鹅卵石？行路者又是怎样的孤独无奈？青山记得，坑水记得，古树记得，你我却已不记得了。

往事已随风，当年叶坪人为了生存，所有的努力、坚强、不屈、艰辛、辛酸都留在时间的缝隙里，在这片土地上生根发芽，成为永远。

盘古爷洞

盘古爷洞在叶寮后畔山。一位村民陪着我们从叶坪隧道口出发，沿着西侧一条羊肠小路往山上走。这是一条泥路，隐约还能看出当初的样子。菇萁、蕨菜、杜鹃花、茅草长了一路。村民在前面一边走，一边用柴刀砍着树枝和杂草，我们在后面跟着。前方还有斜坡，虽不是垂直向上，但坡度也在 60 度以上，我即便空着双手往上走也觉得吃力。约行 500 米，前方出现一块乌黑的大石头，这石头有多重？村民说，据目测起码有几万斤。石头边上长着一棵珍珠莲，撑开树冠荫护着四周。珍珠莲叶子呈长条形，还没有结果。盘古爷洞在大石头的右上方，洞口挂着两棵小枫树的枝条和一些藤藤蔓蔓。我们走过去，村民拿起柴刀砍掉枫树枝条和藤藤蔓蔓，盘古爷洞就出现在我们面前了。盘古爷洞分上下两层：上层可站六七个人；下层洞口呈长方形，其下黑黑的。我拿着手电筒探照，看到的都是岩壁。

　　为什么叫盘古爷洞？说起来还有一段故事呢。传说很久很久以前，一个村民正在对面山上种番薯，只听到一阵"砰砰砰"的巨响，那是石头滚过地面的声音。村民抬头一看，一块大石头从洞里被推出来，缓缓向前滚动着。"不好了，石头滚下来了，石头滚下来了。番薯要被压坏了。"村民急得大叫。说也奇怪，那块石头滚了七八米后，竟然稳稳地停了下来。好奇心驱使几个村民来到洞前，发现四周没有一个人。那几万斤重的石头，除了盘古这个巨人，还有谁能推得动？盘古，盘古，很久远的神仙，尊称为爷吧。就像我们称呼祖先必定要在姓名后面加上一个"公"字一样。此后，盘古爷洞就这样叫开了。

盘古爷洞

盘古爷洞离村庄这么近，是否有人住过？答：人住过，神像也住过。

20 世纪 30 年代，中国工农红军北上抗日先遣队组建的中国工农红军挺进师在浙江境内开展游击战争，部队曾驻扎在李山和瑞安的板寮、长湾，师长粟裕就曾在李山和长湾住过。现年 88 岁的赖光里家住下小坪。下小坪因地处半山腰，住户不多，所以游击队员经常到他家里坐坐。赖光里七八岁那年，看到一男一女从山下走来，一过来就和父母打招呼，很熟悉的样子。母亲还烧饭给他们吃。赖光里很好奇，问："这两人是谁呀？"父亲回答："这是客人，别多嘴。"吃完饭，那两人就走了。后来，赖光里才知道这两个人就是游击队员。不久，东坑开展"清乡"运动，村民把一个游击队员藏在下小坪董光瑞的谷仓里，其余三个人躲在盘古爷洞里。村里还成立了一个儿童团，董希令、董希宙、董加服、董文棒等都是成员，儿童团负责送信送饭，把游击队员的信息传递给驻扎在平阳的游击队员"老海"和"老丁"。一位老妇人告诉我，她曾给住在盘古爷洞里的游击队员送过饭。后来，每当有敌人来村里，游击队员都会躲到盘古爷洞里。

"文革"期间，水口殿的神像原本都要被砸碎，得知消息的村民连夜把叶公卿、叶大将和盘古爷的塑像抬到盘古爷洞，就这样三尊神像得以保存。"文革"结束后，水口殿重新建起来，三尊神像又被抬回来，如今静静地端坐在殿里，慈悲地注视着每一位来这里的虔诚信徒。

世事沧桑，人生无常。多少故事在光阴里生辉，多少深情在岁月里凝聚，再落在叶寮的大山里，晕开葱茏的绿意。是呀，唯有热爱，唯有信念，唯有善良，唯有真心，唯有勤劳，唯有坚强，可抵岁月漫长，可抵时光匆匆。

大湾尖

　　田垄和西山坑边上，到处是青青的翠竹。放眼四周，春风摇曳，漫山遍野的翠绿似乎也一起陷入律动中。几位村民正在园子里挖竹

笋，招呼声与锄头落地声此地彼伏应和着。在这里，有恬淡的似水流年，有春生夏长的自然风光，一切都是自然而纯粹的。依稀间，在微风中，我听见噼里啪啦的声响在近处此起彼伏，那是花开的声音，还是竹笋破土而出的声音？不，那是生命在地里孕育、在枝头上绽放的声音。就像叶坪，那些跟随岁月前进的生命不断在延续，不断有新芽在冒出，新枝在长叶。那是血脉，就像一条藤，在人类历史中，在苍茫时空中执着地蔓延着、扩展着，浓郁地铺展开来。

黄昏降临，落日温柔地在树影和楼群中时隐时现，此时的叶寮家家烟火柔暖，人人幸福洋溢，一切都是刚刚好的样子。

临走时，我又一次将目光投向大湾尖，出神地望着它，想再得到一些关于它的故事。大湾尖还是默然不语，安然静立于群山之中。暮春的凉风吹拂着我额前的乱发，茅草架、木短山、柴样底依然巍立，紫灰的暮云升腾而起，悄悄地笼罩四野。夜幕渐渐笼罩碓坑和西山坑，远山近水已由清晰变得模糊。天与地，山与水，草与树，都渐渐模糊了。

垟头

君居垟头地
可知垟头事

　　蜿蜒呈"之"字形的芝溪出十源乡叶山头村，过十源、金星，一路翻山越岭，从北向南奔走，过了吕溪，水面逐渐宽阔，水势稍趋平缓。芝溪流到潘庄亭下方，水域更加宽广。

　　发源于金朱林场荒田儿山的茶垟坑属于季节性溪涧，因两岸盛产山茶而得名。茶垟坑或潺湲流淌，或奔流不绝，弯弯绕绕，切山峰，走平地，从西向东一路依山而行，过苎麻湾、枫树龙至水碓上、上村和仓下垟时，因重重山峦的阻拦，水流愈加缓慢。

双岩潭

　　到了黄牛娘滩，芝溪和茶垟坑合二为一继续往前，流过双岩潭、潭篦、困儿肚蓬（也称空肚蓬）和栋头石板桥。我们无法推算这两条溪流是用了几百年还是上千年的时间从垟头、项埠垟和上村这片田地中间穿过，形成一个三角形的缓冲地带：东北侧是一片宽阔的田垟，因在芝溪北岸，故称北岸垟；西北侧是一个村庄，因在玉壶上方，故称上村（今属五一村）；东南侧也是一片宽阔的田垟，称为项埠垟。

　　垟头村因位于北岸垟之首，故名。20世纪80年代之前，玉壶至垟头只有一条古道：从栋头棋盘出发，过栋头石板桥或栋头碇步、旁山路、石板坎、地主爷殿，然后到达垟头村。过了垟头宫继续往前，就是垟头路廊、潘庄亭,再向前则通往岱根、茗垟、吕溪、碧坑、金星、东头和朱雅等地。

　　垟头村位于玉壶镇西北侧,与上村隔溪对望,由垟头、北岸垟和后畔坦组成。垟头村明清时属瑞安县嘉屿乡五十都,1931 年属玉壶乡,1935 年属玉壶镇,1952 年属吴垟乡,农业合作化时期属五四社,人民公社时期属五四大队,1961 年为垟头大队,1984 年改为垟头行政村。2019 年行政村规模优化调整,吴山、垟头、潘庄等自然村合并为吴垟村,村委会驻地在垟头村。

搬迁:为了生活

　　无论时光如何流逝,有些人注定会被一个村庄铭记。不为什么,只因他是这个村庄的始居者和创造者。

　　400 多年前的一天,一个名叫胡宗杉的人走过栋头碇步和石板坟,来到北岸垟曹田北侧。他抬头眺望着西北侧的两座高山——北岸山和明葬地,又转过身子望了望东侧的狮岩寨,然后放下行装。他的目光以一种到家的感觉打量着四周。"就这里吧。"这念头从心里升腾而起,眼前的田垟似乎也多了几分亲切。

　　胡宗杉为垟头的始居者。据《胡氏宗谱》记载:胡宗杉,字心谷,家住玉壶上村,为胡大涧之三子,生于明万历丙戌年(1586)农历正月初一,乃玉壶胡氏第廿五世孙,端廿八后裔,娶妻南田杨梅岗刘氏。胡宗杉为什么会来垟头定居?村民告诉我,他是来这里种田的。古时候,玉壶本地有四片田垟:北岸垟、项埠垟、门前垟和蒲坑垟。北岸垟是指玉壶栋北栋头与狮岩寨西北侧之间的这片田垟。在那个农耕年代,胡宗杉不会做生意,也没有手艺,要想活下去就只能去

垟头村地标

种田。胡宗杉应该是看上了北岸垟这片田地。

北岸垟群山环绕,溪水横贯,田畴平展,土地肥沃,适合种植水稻。那时候,不仅玉壶本地人会来这里买田置地,而且外地人也会来买。20世纪40年代,叶坪的董上同曾买了北岸垟的田地。有田地就能存活,这片土地吸引了很多人的目光。胡宗杉只是其中的一个。

400多年的岁月经过风霜雨雪的侵袭已经如衰草一般湮没无痕,如今的我们已经无法觅得胡宗杉在北岸垟生活的半点痕迹。试想,在一个陌生的地方,独自一人初来乍到,边上没有一户人家,那份孤独,那份寂寞,那份无奈在漫漫长夜中被反复拉长,这种滋味谁能理解?既然无人理解,那就忍受吧。

从那以后,生命的繁衍犹如那一茬茬的庄稼。胡宗杉育有四子:道沿、邦亮、邦杰和邦英。关于胡宗杉及其儿子是如何谋生的,我们无从得知。玉壶最早的楼房是楼里老屋,建于清康熙年间(1662—1722)。胡宗杉到了垟头是住在草寮里,还是住在木条木板穿织交错的木屋里?我们也无法得知了。关于道沿四兄弟,除了族谱上留下来的姓名,我们也找不到其他任何痕迹。生命和历史都被无情的时间带走了。

到了清朝中期,北岸垟胡家人口不断增加,因为辛苦劳作,家里有了些许余钱,于是想要盖房子。首选哪里呢?当然还是北岸垟。胡家拆了原先的房子,想要扩建。可扩建房子要用到曹田(胡家房子边上的一块大田)的一小块土地,这土地是上村胡家的。北岸垟胡家提出买这块地的方案:把银番钿摊平,银番钿摊到哪里,就买到哪里。可上村胡家不乐意,说要用谷耙把银番钿耙平,即使两个或三个银番钿叠在一起,也只能按一个银番钿的摊放面积去买。这种方法所买到的土地面积肯定少了很多。买不了曹田的土地,北岸垟胡家只好在曹田西侧建了一座四面屋,这就是北岸垟四面屋。北岸垟四面屋前有门台，中间有道坦，门窗上有花鸟图案。20世纪70年代末期，北岸垟四面屋被拆，仅留下一间斗室和几块门板。门板叠放在一处空地上，镂雕工艺的绦环板就放在那里任凭风吹雨打。后来，胡家又在北岸垟四面屋的西南侧建了一栋房子，俗称北岸垟老屋。北岸垟老屋四周筑有围墙，但大多已被拆，如今残存的只有两截被拆了又拆的矮墙了。斗转星移，岁月层层叠叠，光阴一天一天、一月一月向时间深处渗透。胡家后裔胡刘翼因上村栋头棋盘还有祖辈留下的遗产，所以又搬回祖居地。其后，有人搬到了东头黄河，有人搬到了樟山垄……

垟头老屋

　　继胡姓之后来到垟头的是高姓,其始祖为高作仁。据《高氏族谱》记载:高作仁生于清乾隆己酉年(1789)农历五月初五,家住周南小林山。关于高作仁是怎么来到垟头的,还有一个美丽的传说。高家原先住在玉壶底头,后搬迁至周南小林山。小林山在项埠垟后畔山。高作仁的房子面对着垟头。一天,太阳衔山之际,高作仁正坐在道坦上眺望远方,发现北岸垟西侧一块平地上有一匹白马闪闪发亮,闪得人眼睛都花了。过了一会儿,太阳落山了,那匹白马也不见了。次日,太阳从东方升起,那匹白马又出现了,依然闪闪发亮。此后,每当太阳上山和下山之际,这奇异的场景便屡屡出现。高作仁认为那匹白马一定意味着什么。白马,白花花的银子。对,就是银子。于是,高作仁拿出所有积蓄,买下北岸垟西侧的一块地并建起了房子。因为高家的房子在北岸垟四面屋后畔,所以此地被称为后畔坦。其后,高作仁娶北岸垟胡尚恂之女为妻,并育有两子:高嘉会和高嘉教。

　　高作仁安居下来以后就整日想着要去挖银子,也曾拿着锄头在房子边上到处挖,可不知怎的,从春到夏,从秋到冬,总也挖不到银子。因为高家当年只是买下很小的一块地,其周围的土地还是上村胡氏的,所以高作仁也不敢在他人的土地上到处乱挖。不知道哪一年,上村胡氏在后畔坦横头修建坟墓,挖地基时竟然挖到一口大缸,打开一看,里面满是白花花的银子。上村胡氏得到这笔意外之财,很是高兴,于是便用这笔钱在如今的玉壶老医院南侧盖了两层木结构的四面屋,也就是玉壶外新屋。

　　高作仁知道,上村胡氏所挖到的那缸白银就是他所见到的白马,他费尽心思把家搬到这里,就为了这缸白银,如今竹篮打水一场空,他心里悔恨呀。再加上边上的村民得知此事后,言语里多少也带了一点嘲讽和戏谑。高作仁自尊心很强,觉得无法在垟头继续待下去了。一天，他独自走过北岸垟，走过栋头碇步，沿着蒲坑古道、炭场、枫树坪岭一直往前走，过青田、丽水，最后来到杭州临安。高作仁就此停留下来并在当地娶妻生子，再没回玉壶垟头。几年前，杭州临安高氏后人来垟头寻亲，说自己的根在玉壶垟头。而高嘉会和高嘉教后裔如今还住在垟头，以种田为生。

继高姓之后来到垟头的是罗姓。据《罗氏族谱》记载，家住瑞安高楼大荆的罗德文生有六子：光祖、光宗、光显、光魁、光耀和光星。罗德文会做索面和粉干，做好了就叫儿子们挑出去卖。光祖六兄弟有的帮父亲在家里做索面，有的挑着索面和粉干去卖。一次，罗光星兄弟三人一起挑着索面和粉干从家里出发，两位哥哥一人前往泰顺，一人前往峃口，光星则是前往玉壶，沿途叫卖到了垟头。这爿田垟，东有狮岩寨，南有芝溪，北有北岸山和明葬地，依山傍水，实属好地方，于是他决定在这里安居。从此，垟头的田地旁搭起了一间草寮，升起了袅袅的炊烟。罗光星还是做老本行——卖索面和粉干，他继续挑着担子到附近的村庄——岱根、吕溪、碧坑、茗垟等地去出售。

"索面哪，索面。粉干呀，粉干。卖索面和粉干啦。"每到一个村庄，罗光星老远就扬起洪亮的嗓门，大声吆喝着。风里雨里，霜里雪里，罗光星挑着担子在山路上走着，脚底板踩着黑土地，搓得脚底心麻麻的。那声音却依然欢快明亮，在安静祥和的村庄里传得老远老远，先是在稻穗上滚动，旋即又跳到刚结了果实的桃树、杏树上，然后飘进一间间草寮和木结构的房子里。春来夏往，秋去冬来，时间就在这一长一短、一高一低的吆喝声中慢慢过去了。那鹅卵石古道上的脚步声逐渐走远，由年轻转向苍老，由一个时代转向另一个时代。

《罗氏族谱》没有记载罗光星的出生年月，也没有记载他什么时候来玉壶。《文成见闻录》里倒是有这么一句话：罗光星于清咸丰年间（1851—1861）迁居玉壶垟头。因为生活困难，罗光星50多岁才娶吕溪周平胡氏为妻，生有五子：培墀、学墀、凤墀、新墀和碎墀，依次分为垟头罗氏五房。罗家后人勤劳善良，起早贪黑地劳作着，并用积攒下来的钱买田置地。分家时，罗家的大部分田地留给了大房，因此大房便以种地为生。二房、四房和五房子承父业，继续做索面和粉干生意。三房则做烧酒兼开店卖百货。

垟头店边上的老屋
胡允雷供图

为了生活，罗家后裔有的搬到青田白岩种山厂（玉壶方言，指到大山里搭草寮，开荒种地），有的搬到瑞安东坑开店，还有的到外村叶七岭亭为来往行人供应茶水……

最后来到垟头的是余姓。不知道哪一年，家住玉壶中村下新屋的余昭用买下垟头北栋头下方水沟边的三间房子，并将家搬到这里。余昭用会做粉干、酿酒、晒大原酱。因为诚实守信、童叟无欺，来往于这条古道上的行人都喜欢在他家门口坐坐、聊聊，买点粉干之类的食品。

余昭用育有三子：余式谦、余式让和余式课。如今，余家后裔有的迁居到意大利，有的迁居到温州等地。

属于胡宗杉、高作仁、罗光星和余昭用的旧时光一去不复返，随着他们远去的还有那些曾发生在这片土地上的一个个故事，如今的我们已无法窥探全部的事实真相。可这些生命的脉络却留给我们太多的思考：比如奋斗，比如努力，比如抓得住和抓不住的光阴。我们还可以来看看这里的老屋和残垣断壁——它们在风雨里、在阳光里、在时间里、在空间里，把过去的故事一遍一遍地诉说。

垟头店：繁华落尽

玉壶有这样一句俗语：北岸垟的拳坛，天妃宫的柴爿，垟头店的哈谈。

玉壶方言里的"拳坛"指的是练武场所。北岸垟有练武场所，不知那里的人武功怎样？学的是什么硬功夫？如今能确认的是家住北岸垟的胡文卡曾跟玉壶中村一位拳师学过武术。胡文卡之子胡希淳和胡希玉都会武术。当年北岸垟四面屋住着100多人，有好几个人都是有武功的，有人还曾在院子里教习武术。有一次，有人故意找茬，带着一大群人来攻打北岸垟四面屋，无奈怎么也攻不进去。

至于"天妃宫的柴爿"的来历，如今50岁以上的玉壶人都知道。20世纪80年代之前，玉壶人烧饭做菜都是用柴火。柴爿一般是以松树枝干为原料，劈成一爿爿，堆叠晾晒至干燥后可以用来烧火。那时候玉壶周边山上林木资源丰富，石良坎、金山、林龙等地的村民常把柴爿和菽其挑到天妃宫来卖。天妃宫就在玉壶老街边上。天妃宫的戏台前方有一片空地，只要是晴天，空地上就停满了一担担的柴爿、松树枝和菽其。所以，一说起"天妃宫的柴爿"，也是无人不知，无人不晓。

下面来说说"垟头店的哈谈"。玉壶方言里的"哈谈"相当于东北话里的"唠嗑"，指两个或两个以上的人聚在一起，就某些问题或某件事进行闲谈、聊天。这一般都是指在非正式场合进行的非重要事情的闲谈。

玉壶人口头流传着这么一句话：上有垟头店，下有塘下盖。塘下盖指的是塘下街和下园。玉壶商业发展的起点在楼头店，到了清朝初期，逐渐向塘下街拓展，其后向下园、店桥头、店桥街和店桥尾发展。垟头店与塘下盖的商业发展属于同一时期，以此推算，垟头店应该在清朝初期就已经存在了。

垟头店的存在有"地利"的因素。玉壶西北面的朱雅、金星、东头、吕溪及西面的谈阳和谈阳岭头等地的村民往来都必经垟头店、旁山路、栋头碇步和栋头棋盘，然后进入玉壶。玉壶西北面和西面村庄多、人口多，每天来往于这条路上的行人可以说是不计其数。特别是清朝末期，战乱频仍，百姓流离失所，这条古道上来往之人尤其多：拄着拐杖四处奔波的算命人，挑着担子的卖货郎，走村串寨的戏班子，铸锅铲、补破锅、磨剪刀的手艺人，讨饭的，唱长筒和狗踏碓的（浙南一带特有的乞讨方式），砍柴的，种田的，走亲访友的……路上熙熙攘攘。来往行人如此之多，由此垟头店也就有了存在的意义。

村民口中的垟头店下起水井坦边上，上至余家老屋。垟头宫下方的店被称为下爿店（玉壶方言，指下眼店），以卖索面、粉干为主。垟头宫上方的店被称为上爿店（玉壶方言，指上眼店），有药店、南货店、染布店、水碓（当年垟头有三个水碓：垟头宫对面侧下方的胡熊飞水碓，垟头碇步西侧的罗步添水碓和火炭潭西北侧的罗步清水碓）等。在垟头人的记忆里，垟头店很热闹，南来北往的行人都会在这里停一停、歇一歇，买点物品。

清朝初期，到底是什么人在这里开店？开什么店？卖什么？我们已无从知晓。

如今，垟头人口口相传的垟头店故事主要与罗家有关。罗光星来到垟头以后，继续做索面和粉干营生。刚开始，他挑着索面和粉干前往吕溪、九龙、茗垟、东头和金星等地去卖，每天早出晚归，不分春夏秋冬，不顾严寒酷暑，终年劳累着。随着时间的推移，慢慢地有人到他家里来买了。后来，罗光星干脆就在家门口卖索面和粉干。日久天长，罗家的生意越来越兴隆，还有了自己的店号——"罗乾泰"。那时候的垟头店卖什么呢？罗家后人告诉我，其祖辈会做索面、粉干，酿红酒和炊烧酒，他们也到瑞安西门竹排头一带去进南货，像海带、带鱼之类的水产都有。因为罗家经常去进货且信誉好，商家只要一听到"罗乾泰"三个字，就会说："要多少货，你拿，你拿。"

罗家人口逐年增加，大房和二房娶妻生子以后就分了出去。又过了许多年，三房、四房、五房也都陆续成家，却不再分家了。原因之一是罗家世代相传的索面、粉干制作及酿酒技艺，需要多人配合才能完成；原因之二是在那个年代，一个家庭人口越多就意味着越兴旺。另外，由于五房的媳妇特别贤惠能干，就由她当家。就这样，罗家42人组成一个大家庭，人人勤劳善良，努力肯干：有人做索面，有人做粉干，有人酿酒，有人炊烧酒，有人进货，有人守店，有人挑货出去卖。整个家族呈现出一派热闹、繁荣的景象。

据说罗家烧酒烧也烧不完，卖也卖不完。这是怎么一回事呢？你且听我说一段垟头人流传下来的美丽传说：罗家用酒糟加糠炊烧酒，只要火一直在烧，烧酒就会流个不停。一次，罗家又在炊烧酒，柴火烧了三天三夜，酒糟里的烧酒一直流个不停。村里人大多见怪不怪，但也有人私下悄悄议论这究竟是怎么一回事儿。项埠垟村的一位村民听说此事，就赶过来一探究竟。来人站在饭甑前端详半天，也看不破其中的奥秘，就说："真是奇怪，人家一饭甑的酒糟只要炊一个小时，就炊不出烧酒了。你家的烧酒怎么流不完呀？"话音刚落，正往下流的烧酒突然就停了。这是怎么了？有村民说，这是"冲生人"（玉壶方言，指天机被泄露了）。原来，罗家的石头墙里住着一只山魈，山魈会把别人家里的东西"吸"（玉壶方言，指偷）过来，神不知鬼不觉地送给主人。而且山魈很会选主人：如果这个家环境整洁，家人团结和睦，主人善良勤俭，它就会来住；反之，它就会另选一家。因为来人这么一说，山魈以为自己已经暴露了，就赶紧逃了出去。从那以后，"酒糟炊烧酒一直流不停"的现象再也没有了。

春风吹芝溪，秋雨洒垟头。时光一天天流逝，贫穷与困苦也接踵而至。20世纪30年代，因生活所迫，罗家后裔一部分人选择出国谋生：罗步清前往荷兰，罗步登和罗步月前往日本，罗步添前往新加坡。刚到国外，他们靠着提篮子沿街叫卖赚取一点点生活费。时间到了20世纪40年代，凭着勤劳肯吃苦的精神，罗步清、罗步添和罗步月赚了一些钱回到家乡。罗步清在自家一楼开了染布店，又在火炭潭西北侧修了一个水碓用于碾米磨麦。金星、东头、枫树龙等地的村民把自家织好的棉布和纱布送到罗步清店里漂染，一时间，店里人来人往，忙得热火朝天。20世纪50年代末期，在社会主义改造和建立社会主义经济制度进程中，玉壶镇的染布店统一集中到中村下大田四面屋下方合办，罗步清的染布店也就关闭了。

　　罗家做索面和粉干是祖传的手艺。现年79岁的罗启同曾跟着二叔罗步林学做索面。罗步林驼背，干不了重活，于是家里人就把做索面的技艺传给他。罗步林的索面店在如今的垟头宫下首，其做的索面柔滑细腻，名声在外。木湾、玉壶、上林、东头、潘庄、朱寮等地的村民都把麦子挑到垟头店磨成面粉，再做成索面。1.4斤麦子换1斤索面，多余的就是工钱了。李山人则不同，因为李山与玉壶距离远，李山人喜欢一次性挑40斤或80斤麦子过来，由此，给李山人做索面是按重量来计算的，如做30斤索面给一天的工钱，也就是1元5角。罗启同16岁开始学做索面和筒面（玉壶方言，指面条），其儿子罗华从小跟着父亲也学会了做索面。

　　接着我们来说北岸垟胡家。到了清朝中期，一个名叫胡国勋的人通过自己的勤劳能干和聪明智慧逐渐有了一些余钱，并在当地买田置地。有一次，胡国勋得了一种病，遍访名医都无法治愈。听说大岙徐村有一位医术高超的大夫名叫吴步行，胡家便急忙派人去请，希望吴大夫能上门为胡国勋诊治。经过一段时间的治疗，胡国勋竟痊愈了。为了答谢吴步行，胡国勋给了吴步行一大笔钱。吴步行用这笔钱在玉壶楼头店买地基、盖房子并安居下来。吴步行即玉壶人口中的"吴先（生）"。到了胡国勋之孙胡熊飞这一辈，因为田产多，胡家成了地主。胡熊飞毕业于北平华北大学法律科，是瑞安县参议员，在当地很有威望。村民之间发生纠纷，或村民与政府之间产生矛盾，人们首先想到的就是去找胡熊飞帮忙。当年北岸垟约有1/3田地都是胡熊飞的，他还买了杨村垟的一大片田地，又在如今的垟头宫戏台西侧修了一个水碓，雇人看守。胡熊飞在垟头宫边上有数间店铺，包括药店和南货店，家里还有三个长工帮忙种田和看店。

　　还有就是余家。不知道哪一年，余昭用在自家房屋西侧搭建了两间厢房，既方便来往行人歇脚，也便于自己摆摊。余昭用把粉干、红酒和大原酱等食品堆放在一楼售卖。余家人做生意讲诚信，过往行人都喜欢来这里坐坐、聊聊，顺便买点食品。20世纪30年代，余昭用出资在自家厢房边上搭建了一间路廊：路廊属于东西走向，顶上铺有瓦片，下方置有木制的美人靠。因为路廊的地面上有一条水沟，余昭用就在地上铺设了几爿木头，便于行走。平时，金村、桃坑、东头、朱雅、吕溪、青田、白岩坦以及谈阳和谈阳岭头等地的村民前往玉壶，路经此处都会在路廊里歇歇脚。有些熟人走远路来到此地又渴又饿，余家人就请他们到家里吃饭。余昭用的妻子非常贤惠，为人和善，如果条件许可，她会多烧一些午饭——烧一大锅番薯丝，中间夹有一点点米饭，亲戚或熟人路过这里也不客气，坐下来就吃。慢慢地，这些人与余家有了更深的交情，临走时会从余家店里购买一些生活必需品。久而久之，余家的生意越来越好。那时候，只要一说起垟头店的余昭用，玉壶人大多知道。有些玉壶人还舍近求远，特意来垟头店买生活用品。

　　余昭用见此地人来人往，就在家门口摆起一个摊儿炸油锅，卖花生、水粉、糖儿、蚕豆和豌豆之类食品。余家的摊上摆着一个糖盘，花生、蚕豆和豌豆成堆摆放着，大份的5分钱，小份的3分钱。

　　自从有了垟头路廊，这里就更显热闹。清晨，村民陆陆续续扛起锄头去田间地头、去山梁山坡挖地种菜，经过路廊，看到有人在歇脚，就停下来聊几句：谁家的媳妇孝敬公婆，温柔贤惠，当老公从地里回来，饭菜都已烧好，从不打骂孩子，从不呵斥老人；谁家的女儿要出嫁了，嫁妆可真多呀，不仅有衣柜和木箱子，还有四方桌呢；谁家的孩子乖巧听话、成绩又好，一放学就去割柴、拔草，帮忙做家务；谁家的孩子调皮捣蛋，挖了别家的番薯……聊罢，众人散开，或赶路或下地干活。

太阳落山之际，晚霞染红天边，日出而作、日落而息的村民又扛起农具慢悠悠地走过路廊，在此坐一坐，停歇一会儿，再一路说说笑笑回到家里，享受天伦之乐。

垟头人平时有空也会三三两两相约去路廊坐坐。"走，走，去路廊讲哈谈呀。"炎热的夏天，村民尤其喜欢来这里，因为路廊下方是水沟，流水能带来凉爽。他们坐在路廊里一边纳凉，一边看看来往的行人，遇到熟人还能聊几句。

话说有一次，一位漂亮的女子从垟头路廊前方走来。漂亮的女子容易引人注目，自古以来都是如此。《陌上桑》里的罗敷便是极好的例子：青丝为笼系，桂枝为笼钩。头上倭堕髻，耳中明月珠。缃绮为下裙，紫绮为上襦。行者见罗敷，下担捋髭须。少年见罗敷，脱帽著帩头。耕者忘其犁，锄者忘其锄。这女子究竟如何漂亮，如今已无人能描述。我们能知道的是，那时坐在路廊乘凉的所有人已是忘了说话，忘了一切了。众人都抬起头，一张张脸仰起来，带着一种难以名状的表情。终于，他们想起来该说几句话了。人多，话也就多。场景虽然已经无法还原，但我们能想象得到那一张张面孔都因为兴奋变得红亮红亮的。那些好奇的、欣赏的、挑剔的目光纷纷落在女子身上。有人说这女子鼻子长得真好，又高又直；有人说这女子身材好，高挑且婀娜多姿；有人说这女子眼睛真漂亮、真养眼。待女子走过垟头路廊，后面的笑声便像翻了老鹰巢似的直往四面八方散开。孤身一人，无端被一群人品头论足，女子心里的委屈演变成了愤怒。她极力克制情绪，缓缓转过身，一字一顿地说："做人要有人的相，眼睛生在鼻头上，捻能不识你垟头店（玉壶方言，指做人要有做人的样子，眼睛长在鼻子的上方，谁不知道你垟头店）。"

女子的话语掷地有声，众人哑然，垟头路廊上一片沉寂。在众人惊讶、羞愧和恍惚的目光下，女子落落大方踩着碎步从容离开。从那以后好长一段时间里，路廊里再没有人敢随意取笑他人了。这个故事流传至今，其真实与否我不敢确定。不过，我倒是挺佩服这名女子的勇气和胆量：身为女人不是原罪，漂亮也不是原罪。在那样的年代里，在一众男人中，当自己无端遭受委屈时，能不卑不亢地用语言和行动维护自己的尊严与形象，这需要一定的智慧和勇气。

时间的年轮在不知不觉中转过一圈又一圈。到了20世纪50年代，我国进入计划经济时代，米、油、布料等都要凭票供应。玉壶有了工商联合作商店，各地根据需要也纷纷成立分店，玉壶工商联合作商店垟头分店应运而生了。垟头分店设在余昭用家里，其创始人为陈建松。肥皂、洋油（即煤油和柴油）、盐、纽扣、纱线团、带鱼等物品从瑞安经竹排运到玉壶外楼岩坦碇，然后雇人挑到垟头。20世纪60年代初，每100斤货物挑到垟头可得1角工钱。酱油和红酒则是由玉壶酒厂供应。刚开始，垟头分店只有一个店员，后来货物多了，店员也增加了。物品分片区由专人负责售卖：五一村、枫树龙、茶垟坑一带村民所需物品由阿标（塘下人）负责出售；潘庄、潘庄亭、吴山、垟头一带村民所需物品则是由傅金莲负责出售。傅金莲是马来西亚人，1954年跟随丈夫罗步登来到垟头。后来，商店人员也随着时间的推移有了变化，胡希藏、杨步顶、胡克长、余协亚、胡志静等人都曾在垟头分店待过。

当历史的浪潮带着现代的气息迎面而来时，有些消亡就成了必然。1986年11月13日，玉壶至吕溪段通车。1987年6月25日，吕溪至东头段通车。从那以后，来往行人都直接去玉壶购买生活用品，垟头分店的生意渐渐冷清。到了20世纪90年代，垟头分店便消失了。

左：余家老屋（垟头分店旧址）　胡允雷供图
右：余家老屋后门　胡允雷供图

　　夏日的午后，我从北岸垟出发，沿着水沟边向前走。下爿店的旧址上已建起新的落地房。垟头宫下方的几间老房子还在，阳光慵懒地躺在屋檐上，瓦片间有几棵不知名的小草在微风中摇曳着，木窗户上方钉着一个牌子，上书"串蓑衣"三个大字。村民告诉我：这房子是胡熊飞的。20世纪50年代"土改"时，该房子分给了村里的贫农。垟头宫和垟头戏台均已修建过了：顶上铺有琉璃瓦，里头也装饰一新。垟头路廊没了，余家老房子也没了，取而代之的是平

下爿店边上的老房子

整的路面和新建的房子。路廊前方的几间老房子还在，只是木门已斑驳，里头仍是裸土地面。抬头，只见乌黑的瓦片上停歇着一只燕子，在阳光里那么沉静、淡定。

在垟头的历史里，垟头店存在过、繁华过，但时光终是改变了她的容颜，上爿店和下爿店均已消失。那条从金星、吕溪、岱根陪着芝溪一直延伸，在垟头店、北岸垟老屋和田野里转弯的鹅卵石路，如今可还在？

世上没有永远存在的东西，我们只能用记忆留住它。就像垟头店，看似逝去，却仍留在人们的口口相传中，那么鲜活又那么形象地深藏在垟头人的记忆里。如今在垟头，你只要一说起垟头店，垟头人就会说：那垟头店呀，物品可真多呀；那余家摊儿上的蚕豆，可真香呀；那垟头路廊，来往的行人真是络绎不绝呀……

垟头人对垟头店的那种深情、那种记忆、那种忘不了的感受，成了他们永远的想念。

北岸垟：田园风光

从玉壶上村栋头棋盘出发，过栋头石板桥或栋头碇步，前方出现一大片田垟，这就是北岸垟。北岸垟一词有两种含义：一是指田垟。此地在芝溪北岸，故垟头丼与狮岩寨西北侧之间的这片田垟称为北岸垟。二是指村落。胡宗杉的居住地位于北岸垟，故胡家所在的村落亦称为北岸垟。

近看北岸垟

北岸垟的田地分属于垟头和上村两个村庄。归属于垟头村的田地在垟头丼和垟头宫下首一带，称为垟头垟；靠近猪槽田、大汇和狮岩寨一带的田地为上村人所有，故称上村垟。北岸垟面朝蜿蜒的芝溪，背靠延绵的岩培岗、水波坳和油岗（原名阳光，因此地阳光好，故名。"阳光"和"油岗"谐音，后人就称之为油岗）。

此地田畴相连，广阔平坦，土地肥沃，适合农耕。村居散落其间，一派田园风光。"黄发垂髫，并怡然自乐"，呈现出一派宁静祥和的景象。

古　道

古时候，从玉壶前往北面和西北面的吕溪、东头、金星等地的古道必经垟头：过栋头碇步或栋头石板桥，沿东北侧前行约数十步，前方就会出现两条小路，东北侧的小路通往狮岩寨和寨后，西北侧的小路通往垟头。该古道位于栋头棋盘旁山，故称旁山路。旁山路原是田埂，随着垟头、潘庄、岱根、吕溪等村庄的形成，有人遂用鹅卵石来铺路。渐渐地，路面也宽了，到了 20 世纪 70 年代，旁山路至垟头这条古道宽约有 1 米。

继续前行 10 多米，前方出现一条水沟，水沟上方并排铺设着数块石板，俗称石板桥。路边长着一棵高大的乌桕树，枝干粗壮，肆意而狂放。每到深秋，经霜的乌桕叶子便有了深深浅浅的红韵，让人联想起"风华绝代"这个成语。几阵秋风，叶子落尽，乌桕籽也成熟了。乌桕籽是纯白的，秋高气爽的季节，一树的乌桕籽映着碧蓝的天空，梦幻得使人沉醉。可如此优美的地段却有一个令人伤心的地名——光亮打（位于如今的玉景园西侧，垟头至玉壶的公路与油岗下来那条公路的交接处），其名源于一个悲惨的故事。

不知道哪一年，也不知道哪一天，玉壶上村一个名叫光亮的男子赶着一头牛在乌桕树下方的田里耕地。不知过了多久，天空忽然乌云密布，不一会儿就电闪雷鸣，下起大雨。跟着雨一起来的，还有狂风。狂风追着暴雨，暴雨赶着狂风，天地顿时都陷于狂风暴雨之中。光亮慌了：这里四处没有人家，能避雨的只有那棵乌桕树。于是，他急急忙忙从地里跑到乌桕树下。无数的水鞭不断地击打着大地，灼眼的长剑不时划破长空，随着一声巨响，一道闪电从乌桕树上劈了下来，劈到了光亮身上。光亮当场就倒了下去，不行了。光亮在乌桕树下被雷劈的消息在玉壶传开了。人们纷纷叹息：多好的一个人呀，怎么会遇到这种事？由此，石板桥和乌桕树这一带被称为"光亮打"。从那以后，玉壶人就教育孩子雷雨天不能在树下躲雨。

过了"光亮打"，继续前行约50米，古道北侧出现一座四周插满石板的坟墓，坟前有一对旗杆夹，这就是石板坟。坟墓就是坟墓，为什么要插上石板？这有一个警示世人的传说。

传说很久很久以前，玉壶上村有一个财主，育有三个儿子，在门前垟和北岸垟买了很多土地，雇用长工和短工帮忙种地。财主听说江西阴阳先生会看风水，于是就托人去请，希望能选一块风水好的寿坟。财主带着阴阳先生到门前垟和北岸垟转了一圈。当晚回到家里，阴阳先生便说："北岸垟有一块风水宝地，呈靠椅形状，如果你把寿坟选在那里，你的三个儿子都能当官。你的后代子孙里男子各个大富大贵，女子各个一生幸福。"财主很开心，问那块地在哪里。阴阳先生说："我已经掐指算过了，那块地利于你，却损于我。你的寿坟如果选在那个地块，一旦做成，我的双眼就会瞎了。我这一辈子也就完了。你一定要善待我，让我安度晚年，我才会告诉你。"财主此时已是迫不及待，连声答应，并对天发誓会让阴阳先生住在家里，并让子女为其养老送终。阴阳先生信了财主的话，两人一起来到石板坟的位置。阴阳先生一五一十地告诉财主,这坟要长多少,宽多少,深多少,等等。次日,财主就雇人去挖地做寿坟。不出一个月,寿坟做成了,阴阳先生的双眼果然瞎了。

当年正赶上童试,财主的三个儿子都去参加,他们一举通过并成为秀才。过了一段时间,他们又通过了乡试和会试,成为举人和贡士。财主高兴呀,于是在北岸垟寿坟前方竖起一对旗杆夹。旗杆夹也称"功名石",是封建社会取得科举功名的象征。不久,三个儿子都被派到外地当官了。财主兴奋至极,跟阴阳先生称兄道弟,每天好酒好菜地招待着。

俗话说:路遥知马力,日久见人心。一年又一年,随着时间的推移,财主发现阴阳先生的饭量越来越大,遂慢慢开始厌烦阴阳先生,言语和行为上也有所怠慢,竟把剩菜剩饭给阴阳先生吃。又过了一段日子,阴阳先生被财主赶到柴房里,每顿只吃到一碗馊了的稀饭。阴阳先生终于看清财主的真面目,决定想办法自救。一天,阴阳先生对财主说:"孩子们很长时间没回来,你想他们回玉壶吗?"财主说:"当然想呀。"阴阳先生说:"这好办。你叫人去外楼塔平凿一些石板,插到北岸垟的坟墓上,孩子们就回来了。"财主对阴阳先生的话未加怀疑,立即照办。说来也奇怪,石板刚插上,阴阳先生的眼睛就复明了。次日,阴阳先生背起一个行囊,告别财主,说是来玉壶这么久了,也想念家乡的亲人,要回江西了。说罢扬长而去。

过了七天,财主的三个儿子都回到了玉壶,只不过回来的是三副灵柩。原来,北岸垟坟墓插上石板后,财主的三个儿子就莫名其妙地死了。叶落归根,三个儿子就以这样的方式回来了。财主悔呀,恨呀,可一切都已无法挽回。从那以后,北岸垟的那座坟墓就被称为石板坟。

从石板坟南侧古道继续前行约50米,北侧有一棵苦槠树。每年

旁山路

霜降节气一过，苦槠树果实就成熟了。秋风渐起，果实纷纷落地。放学回家的孩子路经此处，蹲下身子捡起果实，或装进书包，或塞进口袋，欢笑声此起彼伏。苦槠树下方有一座地主爷殿，"文革"期间被拆了。20 世纪 90 年代初，村民又在原址上建起新的地主爷殿（为了方便区分，后文称新殿为"地主爷殿"，旧殿为"老地主爷殿"）。

那时候，这条古道上人来人往，络绎不绝。特别是正月里，挑着红布袋拎着米粮桶去拜年的尤其多。往往妇女背上背着一个孩子，怀里抱着一个孩子；身旁的男人则挑着两个红布袋，里头装着年糕、猪脚和红糖等食品。也有送亲的队伍从这里路过，唢呐声欢快嘹亮，三步联震天响。新娘子穿着崭新的喜服，伴郎抬着衣柜、四方桌、木箱之类的嫁妆艰难而开心地走着。20 世纪 60 年代初期，栋头棋盘榕树下是番薯丝买卖场地。金星、东头等地的村民挑着番薯丝经过这条古道，来到栋头棋盘榕树下售卖。中村、上村、外楼、底头等地的村民每天早上在榕树下等。可番薯丝六十算（玉壶方言，指 100 斤番薯丝的价格是 60 元）哪，这简直就是天文数字，谁买得起呀？有人借了 6 角钱，买了 1 斤番薯丝，然后煮成番薯丝汤，一家人将就着喝一碗。村民说着，我听着，思绪仿佛也回到那个交通落后、生活艰难的年代。

我再来说一件事，你就能想象得到这条路上的行人有多少。旁山路与栋头棋盘之间隔着宽阔的芝溪，那时只能通过碇步往返两地。1899 年，九龙人胡嘉典首事建造栋头石板桥。石板桥由五块暗红色的石板并排铺设而成，过了几年，中间两块石板被踩踏得平整光滑。又过了几年，五块石板均被踩踏成光滑的一片。粗糙的石板成了圆润光滑的平面，这需要多少次踩踏？那是可想而知的。

再次站在旁山路上，空气中流动着芝溪的音符，南风轻轻，雾气弥漫，番薯藤、南瓜藤匍匐在地上，玉米秆直直地站立着，从容而洁净，一切都是那么纯粹、那么安然。

　　春去冬来，四季在北岸垟来了又去，去了又来。经过几百年，甚或几千年的风吹雨打，这条古道上的每一块鹅卵石都已浸透汗水、泪水和欢笑的记忆。在深深浅浅的时光里，沿路乡民顺着蜿蜒曲折的垟头古道，把毛竹、番薯丝、柴爿肩挑着、背扛着运到玉壶，又把布匹和盐糖扛在肩上，运回村里。稍显遗憾的是，大部分路段都已不复当初的样子了：光亮打的石板桥和乌桕树没了，石板坟没了，

旁山路边上的北岸垟

苦槠树和老地主爷殿也都消失了。唯有那旁山路，像是时间留给我们的地标，在稀薄的记忆里，在夏日的阳光中，执着而又随意地躺在田垟间，延伸着。

古　栋

夏日的清晨，我从栋头桥的北桥头出发，沿着西侧的游步道前行，仔细察看游步道下方的坎墙，是块石垒砌的。这就是原先的上村栋，还好，都还完整地存在着，只是躺在游步道下方而已。游步道宽阔整洁，北侧种着波斯菊。这是一种纯净美丽的花，在阳光下绽开笑脸，有粉红、金黄、纯白和艳红等各种颜色，那单薄的花瓣上闪着丝绸一般的光泽。游步道南侧是亲水平台，其下是奔流不息的芝溪，溪水如缎带般围绕着北岸垟，清亮亮的。闭上眼，灵魂仿佛长出羽翼，飘荡了起来，眼无杂色，心无杂念，整个人都轻盈了起来。走不厌的玉壶栋，流不尽的芝溪水。

前行约200米，只见游步道里侧还有一条老栋。这里有新老两条栋。该处老栋完好无损，堤顶上浇筑水泥，自行车可通过。前方堤坝边上立着一块高高的牌子，上书：时光飞逝，历史见证；保护古栋，人人有责。落款为玉壶镇人民政府。继续前行约150米，此处的堤顶上没有浇筑水泥，是用鹅卵石垒砌的，这一截玉壶栋的外貌一点都没改变。复前行约20米，老栋断了一截，前方空空如也。这一截老栋怎么会缺失了呢？为什么会被破坏了呢？

一个正在田间摘豆子的妇人告诉我，该处原先只有老栋，也就是里侧的这条栋。后来有人在老栋的外侧种地，汛期来临时，菜地经常被水淹没，于是就修筑坎墙。一年又一年，坎墙越修越高，慢慢地就成了一条栋，这就是新栋。20世纪60年代末至80年代中期，新栋两次被水冲毁，上村十个生产队分派任务，每队修筑一段。有田地在上村垟的队员都被派了义务工，天亮了就出工，天黑了才回家，每人做20天左右。

我退回到新老两条栋的交叉处，沿着游步道继续前行。前方就是宫后栋。如意大桥东南侧至上村垟这一段古栋被称为宫后栋，因位于垟头宫后方，故名。

2020年5月份，我曾来过这里，宫后栋是用鹅卵石垒砌而成的，如今此处已成了游步道。鹅卵石垒砌而成的宫后栋呢？还在游步道底下吗？我查看了一番，可惜没找到。但愿它还在，只是被遮盖而已。

宫后栋由鹅卵石砌成

　　游步道里侧有的地块种着玉米，有的地块种着长豇豆，有的地块种着马铃薯，还有的种着竹子呢。一个农民正挑着一担马铃薯在田埂上走着，扁担两头压得低低的，可见担子很重。

　　绕过如意大桥东侧桥头，沿垟头水沟往前走，我站在北栋头上。水，经年不息地触摸着六百年前垒砌而成的北栋头，犹如这个村庄的生生不息，永久，永久。夏风起，水清澈，栋不老。

　　很久很久以前，北岸垟、垟头和后畈坦一带没有水，所幸芝溪就在不远处，该怎么把水引过来灌溉和饮用呢？不知道哪一年，也不知道是谁在北栋头下方用石块筑成一个大孔，将溪水引入形成一个小水塘。那时候，村民吃的用的都是水塘里的水。清晨，村民来这里挑水。八九点以后，村妇拎着衣服被子过来洗。水流向前，过垟头店、垟头路廊和垟头宫北侧，转向水井坦前方往东流去。垟头人称它为垟头水沟。在我儿时的记忆里，这条水沟很窄，水流清澈。如今经过改造，水面宽多了，水沟里还有几块被冲刷得没了棱角的大石头。水沟边上就是人家，只见一名女子蹲在水边洗衣服，一名男子细心地为她撑伞，仔细一看，原来是我认识的罗家兄妹，这真是一幅洋溢着温馨亲情的美好画面。哥哥热情地与我打招呼，笑声落在流水里；妹妹也笑意盈盈地望着我。一个妇人在家门口闲坐着，看见我，露出善意的笑容。浓浓的乡土气息，浓浓的兄妹情谊，在这里，越乡土，越纯粹；越烟火，越人间……

　　据清雍正年间《浙江通志》记载，此地先年筑有官栋，明洪武二十七年（1394）加筑砂石，坚厚，址阔二丈，面阔一丈。

　　北岸垟的宫后栋和上村垟栋把古今历史、天光云影和日月星辰都留在了身上。有几处古栋被重建，也有几处已消亡。毕竟时间向前，新老更替是自然现象。此刻，躺在游步道下方的古栋应该还在回忆着昔日的美好时光吧。

夏日里的北岸垟

　　古时候，北岸垟的土地都是上村人的。后来胡宗杉、高作仁等人搬迁到垟头并买下这里的几块土地，从此这爿田垟便分属于上村和垟头两个村庄。村民告诉我，此地田畴宽阔，便于耕种，有钱人都喜欢来这里买田买地。

　　我从垟头宫出发，沿着水沟向前走，到了公路边上，流水也绕到此地。北岸垟由此被公路切成南北两块。北侧的田垟除曹田、猪槽田及其边上的几块稻田之外，大部分都已用于建造房子了。几名工人正忙着搭架子板，看样子是在兴建房子。其下则是已经建成的一栋栋民居。

　　在我儿时的记忆里，北岸垟的大部分田地都种水稻，周边的高山上则种番薯、马铃薯等农作物。每到春雨绵绵的日子，上村人和垟头人就穿着蓑衣、戴着斗笠赶着牛在地里耕田。犁的一端是人，另一端是牛。"哟，转。"一声吆喝，那牛像能听懂似的，转过身子向前走。人提起犁把，犁头就深深地插进地里。"走。"人时快时慢、时退时进，牛也会跟着人的脚步调整自己的速度，犁出来的地也时深时浅，翻出来的土块也时大时小。那一排排、一圈圈的土块不断

芝溪、玉壶栋、北岸垟和垟头

地增加着，带着新翻泥土的芬芳气息，直往鼻子里钻。偶尔，泥土里还会跳出一两条泥鳅，村民也不管，任其在泥水里蹦来蹦去。又过了些日子，稻田里就插上绿绿的秧苗，青蛙开始不分白天黑夜"呱呱呱"地叫个不停。

20世纪60年代中期,玉壶区农技站设在垟头村。庄卓然、胡志椿、周添员、胡克取等人在农技站工作。他们在北岸垟试种水稻,推广优良水稻品种,指导农民种植农作物。庄卓然是农校毕业生,被分配到玉壶,因为脸上长着络腮胡子,村民都称其为"生胡人",也有人称其为老庄。庄卓然住在垟头村,与村民同吃同住,为玉壶做出巨大的贡献,在此谨记一笔。

到了秋天,稻子熟了,目之所及皆为令人心醉的金黄色。瓦蓝瓦蓝的天空下,无数条田埂纵横交错,那沉甸甸的稻穗闪烁着时光的静美。农民在地里收割稻子,也在收割着一年的汗水和希望,到处一片繁忙的景象。那时候打稻机是用脚踩的,两个人踩着踏板一上一下,打稻机发出"哐哐哐"的声音。稻田里堆放着沉甸甸的稻谷,也堆放着一个个金色的希望。

在那个物资匮乏、经济不发达的年代,家家都很清贫,所以稻子成熟的季节是喜悦的,是富足的,是充满希望的。

那时候的我们放学后要么去拔草,要么去捡稻穗,要么去挖"番薯烂"。每天放学后,我和小伙伴都会想着今天去哪里拔草和捡稻穗。门前垟离我们家很近,但正因为近,来此捡稻穗的人也很多,所以我们捡到的稻穗也有限。怎么办?去垟头,去北岸垟,那里地广人稀,稻穗肯定很多。有好几次,我和姐姐放学后从菜橱里端出剩饭,搓圆,做成一个番薯团,挖个小洞,倒上一调羹大原酱,一边咬着番薯团,一边提着茶箩头,过了栋头石板桥和旁山路,看哪片稻田已经割过稻子,我们就走进去。低着头弯着腰仔细寻找着,如果能捡到几根稻穗,我们就会高兴地喊叫起来。那时候出门捡稻穗的人很多,孩子和老人都去。

也许是从小生活在农村,一直以来,我都喜欢新翻泥土的气息,喜欢乡村的气息。北岸垟的夏天,泥土的气息还在,乡村的气息还在,

遥望垟头

那一截被保护起来的古栋还在，记忆深处的某些东西也被唤醒了。

岁月的年轮碾出历史的痕迹，时间轴上显示的是 2022 年 6 月 2
日。我站在栋头桥上，极目眺望北岸垟，发现它的样子已经改变：
与旁山路连接的栋头碇步和栋头石板桥没了，栋头桥高高矗立在芝
溪上；狮岩寨西侧建起几栋高楼，有镇政府，有玉景园；栋头桥北
桥头前方的公路宽阔平坦，直达潘庄亭、岱根和东背等地。

北岸垟，这片土地以她博大的胸怀养育了多少上村人和垟头人。
北岸垟不语，但我们都记得。

当岁月的尘埃渐渐落定，垟头本来的面目也变得清晰了。这就是历史，很多人、物和事，被忘记又被记起。

　　岁月向前，所有的过往都已成了故事。夏日的午后，我静静地坐在北岸垟的一处宅院里，听垟头人将胡家、高家、罗家和余家的一个个故事缓缓道来，深切地体会发生在这片土地上的酸甜苦辣和悲欢离合，然后终于理解了他们对这片土地的深情。那些时光深处的脚步声、吆喝声以及劳作的身影，都已成了这里的印记。垟头店的繁华已消失殆尽，古道上的脚步声也已稀稀落落，曾经的一切都已成了回忆。栋头碇步、栋头石板桥、乌桕树、石板坟和老地主爷殿都没了，但有一些痕迹还在：旁山路那一段鹅卵石路，依然安静地躺着，固执地伸展着半圆形的弧线。上村垟老栋依然深情而倔强地守望着北岸垟的秧苗，聆听着芝溪的歌声，仰望着狮岩寨的西寨门。

五一上村

听如歌往事 赏田垟风光

　　进入六月，雨落得绵长，身心都是湿漉漉的。已到了陌上花开，灿烂铺满一地的节气，去野外走走吧。从玉壶镇克木大桥出发，进入北岸垟游步道，虽不是天朗气清、惠风和畅，但微风吹过，正热烈绽放的波斯菊花香缕缕，沁人心脾，浸染衣袂、发丝，令人心情舒畅。走过垟头，该去哪里呢？那就去上村吧。过如意大桥、中央岗和吉祥大桥，继续前行约 200 米，前方出现一个村庄，这就是上村。

如意大桥

　　玉壶有两个上村：一是上村行政村，位于中村北，即中村上个村；一是上村自然村，在项埠垟北面、垟头隔溪对面，即垟头上个村。我们今天所说的就是上村自然村。

　　上村由水碓上、上村和苍下垟等地组成，1949年隶属玉壶镇上村（行政村），1952年隶属吴垟村，后分别隶属五一社、五一大队和五一行政村。

　　上村南临门前溪（茶垟坑从西向东流经项埠垟和上村，溪坑在家门前，故名），北靠连绵不绝的衣橱岩、水碓岗、栗树岗和鸡荒岩。"晴山看不厌，流水趣何长"，此地实属好地方。

安居·繁衍

上村始居者为张子嵩。据《张氏房谱》记载，家住瑞安县桂峰乡坳后村的张廷禄育有三子：子久、子嵩、子进。张子嵩生于清乾隆戊辰年（1748），因家境贫寒，于清乾隆乙酉年（1765）到五十都（玉壶外楼碇步头上方，即如今的寿星桥西桥头边上）的胡财主家里做长工。胡财主家田地多，上村边上的田垟都归他所有，雇有长工和短工。刚开始，胡财主每天前往上村监督长工们种田种地，日子一久，他觉得这样很吃力，就想物色一个忠实可靠的人来管理这些长工们。胡财主观察了张子嵩一段时间以后，发现他为人忠厚善良、做事本分，值得信赖。

那时的上村还是偏僻之地，没有人烟，杂木丛生。一天，胡财主与张子嵩聊天，说上村离玉壶有点远，自己无法每天赶过去监督长工们干活，问张子嵩愿不愿意帮忙管理。张子嵩爽快地答应了。于是，胡财主在上村搭建了一间草棚（也就是如今上村老屋所在地），让张子嵩住着。张子嵩很勤劳，每天给长工们分配种田种地任务，有时也会去七竹湾（此地有七根毛竹，故名）砍柴、烧硬柴炭。就这样，一缕缕炊烟在这片宁静的土地上升腾而起。年轻的生命，艰辛的劳动，悲欢与离合，酸甜与苦辣，孤独与寂寞，除了上村人，没有人能记起张子嵩劳作的身影。

既来之，则安之。张子嵩只想安静地生活着，做好自己该做的事情。他有空也去玉壶，告诉胡财主每个季节的收成情况。时间一天天过去，张子嵩也渐渐到了婚配的年纪，可毕竟是长工，没有田地也没有财产，结婚谈何容易呀？

花开两朵，各表一枝，暂且按下这一头，先说那一头。胡财主有个女儿嫁到瑞安东坑梅山，夫家姓梅。梅家是官宦世家，家境殷实。

站在项埠垟望上村

据《梅氏宗谱》记载，其夫为梅士龙。我们姑且就称胡财主的女儿为梅夫人吧。梅夫人从小就聪明伶俐，学什么会什么，父母对其百般疼爱、千般呵护。梅山有人会织草席，梅夫人耳濡目染，久而久之，也学会织草席。梅夫人深爱着丈夫，时常为心爱之人做喜欢吃的饭菜，梅士龙则事事依着妻子，百般宠爱。梅氏夫妇夫唱妇随，家庭和睦，两人育有三子。总之，梅夫人在夫家可谓是一切都称心如意。

　　可天有不测风云，人有旦夕祸福。不知哪一年，也不知祸从何而起，梅家被满门抄杀，梅士龙及其三个儿子均不幸身亡。已怀有身孕的梅夫人侥幸逃了出来。父母的怀抱是世界上最温暖的地方，可化解一切的委屈和痛苦。玉壶离梅山并不远，梅夫人一路奔走来到玉壶。父母见女儿落到如此地步，心疼不已，极力呵护。时间一天天过去，梅夫人肚子里的孩子一天天长大了，这可怎么办呢？总

梅家老屋

要给孩子一个家吧。一天，胡财主对梅夫人说："我和你母亲在世，这个家是我说了算，你能在这里容身。如今，我年纪大了，不知道哪一天就去了。如果真到了那一天，哪里是你的安身之所呀？这样吧，我的一个长工在玉壶上村，为人忠厚善良，你嫁给他，可保你一生平安。"梅夫人想了想，便同意了。就这样，梅夫人收拾行装，来到上村老屋嫁给了张子嵩。

张子嵩和梅夫人膝下有两子：长子姓梅，名亦乐；次子姓张，名亦训。在《梅氏宗谱》上，梅亦乐又名为梅节枝，谐音接枝，字连如。如此说来，上村梅、张两姓本就是一家人。

关于胡财主的居住地及梅夫人与胡财主的关系还有另一种说法：胡财主居住在玉壶底头（即底村），梅夫人是胡财主的外甥女。

　　继张氏和梅氏之后来到上村的是胡氏。不知道哪一年，家住玉壶下经隆的胡国荣来到上村仓下垟以种田为生。据《胡氏族谱》记载，胡国荣为胡惠田之子，生于清道光辛卯年（1831）十二月廿八日，系玉壶胡氏第卅三世孙。"仓下垟"一名是怎么来的？有人说仓下垟的西北侧有一个粮仓，其前方是一片田垟，故名。有人却说，粮仓是20世纪50年代建成的，"仓下垟"之名是古已有之，跟粮仓无关。

　　居住在上村的还有周氏和吴氏。周氏从玉壶山背迁居上村村头，此地有一个水碓。20世纪40年代以前，垟头还没有水碓，这一带村民都来这里捣米磨麦。水碓后方是高坎，周氏居住在高坎上方，人称水碓上，后演变为地名。吴氏则是从周南乡南垟村迁居上村的。

　　梅姓、张姓、胡姓、周姓和吴姓就这样选择了上村，选择了过细水长流的平淡生活。从清晨到日暮，从暖春到寒冬，岁月无声，可日子有痕，他们在上村披荆斩棘，伐木筑屋，辛勤稼穑，绵延子嗣，开启了建设家园的历程。

　　200多年的光阴就这样漫不经心地过去了，上村也由曾经的偏僻之地变成如今的美丽乡村。在这里，绿色是始终如一的色调，满目是绿意葱茏的花草树木，满耳是碧水漾漾的门前溪的歌声。

生存·织席

　　这里靠山临水，在那个农耕时代，村民要生存就只能去种田、烧炭或撑排。梅夫人来到上村后，因自己曾裹过脚，行动不便，就叫丈夫和儿子上山拔了龙须草来编织草席。草席先是送给亲戚朋友，渐渐地，也有人来买。需求之人越来越多，梅夫人就将编织草席的技艺传授给梅、张两姓妇女。从那以后，梅、张两姓的妇女都学会了编织草席。村民告诉我，20世纪80年代之前，文成县范围内以村为单位编织草席的只有玉壶上村。

（一）拔"龙须"

编织草席的原材料是龙须草。龙须草木质素含量低，纤维素含量高，且纤维细长、质韧，是编织草席的优质材料。龙须草喜欢生长在溪涧边的悬崖峭壁上，其周边多生长着一种叶子呈三角形的蒙根（玉壶方言，指带刺的芦苇）。蒙根叶片边缘锋利，如果不小心手指就很容易被割破。拔龙须草的最佳时间是小暑和立秋这两节气之间。拔龙须草有一定的难度，需要手脚并用爬上悬崖峭壁，再一根一根地拔。玉壶还有一个盛产龙须草的地方：炭场的狮子潭、翁潭和石良坎周边的悬崖峭壁上。因此，每年龙须草成熟的那段时间，炭场、玉壶和东背等地的村民都会去拔龙须草。拔龙须草有一定的危险，当年上村村民张碎麻到青田光基山厂拔龙须草，不小心从悬崖上摔下来，命都没了。

龙须草拿回家后，大人小孩就忙开了：按需求将龙须草挑拣出长短两种，去除杂枝，然后摊放在地上，从灶膛里盛出炉灰（玉壶方言，指柴火烧完后的灰烬），铺洒在龙须草上。这就相当于腌龙须草。

经此操作，次日，龙须草就会变软，颜色也更鲜艳。将腌过的龙须草晒干后，放在一块特制的青石上，用棒槌捶软，再用纺车把龙须草纺成棉条状（4根龙须草纺成1根经），这就是席经。

上村梅、张两姓有60多户人家，家家户户都会编织草席。玉壶本地的龙须草根本就不够用，怎么办？买。去哪里买？去西坑梧溪、南田大屋和景宁一带。那个年代没有公路，购买龙须草只能步行前往。通常是兄弟姐妹或父母子女，几家人约好结伴同行。龙须草按长短可卖出不同的价格，长的 100 斤 /12 元，短的 100 斤 /8 元。一般的壮劳力一次挑 100 斤，有些力气大的人则可以挑 150—200 斤。

（二）织草席

有了龙须草，接下来就是编织草席。20 世纪 80 年代之前物质贫乏，那时候的床铺底下都铺一些晒干的稻秆，春秋冬三季，其上摊放着一条薄毯子；夏季，则铺上一张草席。草席又分大床席、二床席、双连席和新郎席。除此以外，村民还会编织枕头席和百岁席。新郎席和百岁席一般都需要定做。

那时候没有电灯，点的是洋油灯或火篾。所以，人们一般都是晚上拉席经，白天织草席。织草席前，要把龙须草放在水里浸湿，然后拿到干燥的地方放置约半小时，这样龙须草就有了韧性。织草席要用到席机架，席机架有 4 条"木"——2 条横、2 条竖，底下有一个地脚盘，竖木中间有一个窟窿，有一张用竹篾做成的"扣"，席经穿过"扣"打结到席"总"上，固定好。织草席需要两个人互相配合：一人背（这个动作应该是拿，可玉壶人却说是背）席扣；一人用篾条做成的席梭把席纬添进去。席扣一下向前翻，一下向后翻，"扣"拉下来，把席草压实，翻到 4—6 根时，两人同时一左一右把龙须草打一个圈，席边就能固定了（这即是锁边）。按一般的速度，两人一天能织一张草席。如果烧午饭和晚饭的时间到了，一人起身烧饭，另一人就只能去拉席经。有的家庭因为缺少人手，只得雇一个人来帮忙织草席。雇人的工钱是按织草席的数量来定的：织一张大床席或新郎席给 3 角，二床席给 2 角，双连席给 1 角 5 分。

上村梅、张两姓除了种田，副业就是织草席。20 世纪 60 年代前，家家户户兄弟姐妹众多，多子多女的生活负担重、压力大，日积月累的苦和难犹如上村后山的那座水碓岗，沉甸甸地压在每一个

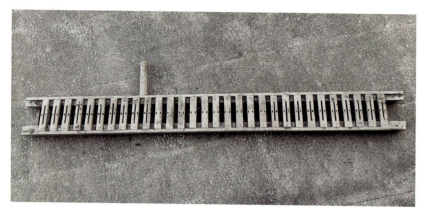

席扣

人身上，让人沉重得喘不过气来。为了多一个劳力帮忙织草席，上村梅、张两姓就不让女儿去上学。村民张仁芳告诉我：上村梅、张两姓如今 60 岁以上的女性都是文盲，没上过一天学堂。这话着实令我震惊。为什么会这样？原来那个年代的人认为女子在娘家就要帮忙干活，读不读书无所谓，反正长大了是要嫁人的，会过日子就行。于是，只要女儿家稍稍有点懂事，就要帮忙上山拔龙须草、分拣龙须草和编织草席。

一位出生于 1957 年的梅家女子，在 6 岁还无法坐上四方凳（也就是四方桌的长凳，有点高）时，其父就抱着她坐到凳子上帮忙添纬线。这位女子由于年幼时便开始编织草席，长年累月的劳作导致她的几根手指逐渐变形，至今无法弯曲自如。说起织草席，如今 60 岁以上梅、张两家的女性，小小年纪就要承担起生活的重担，虽不能说是"满纸荒唐言"，却也是"一把辛酸泪"呀。

那时候草席的价格是大床席 5 元 / 张、新郎席 5 元 2 角 / 张、双连席 2 元 5 角 / 张。枕头席是 3 角 / 只，5 角一对。新郎席与别的草

被拆卸的席机架

席不同，是女子结婚时陪嫁用的，大小与大床席一样，只不过要在草席的上下方染上红色的标记以示喜庆。玉壶老街十字路口下方有一家五金店，店门口摆放着一块门板，门板上放着各色染粉，上村人就来这里买染粉。染粉有红、绿等各种颜色，用于挑染新郎席的染粉是红色的。

20 世纪 80 年代前，一年 365 天除了正月初一，其余的时间不论是刮风下雨，还是严寒酷暑，上村梅、张两姓人都是忙碌的：女人织草席，男人拔龙须草、卖草席和下地干活。正是因为吃苦耐劳，在那艰难的年代里，上村人得以解决基本的温饱问题。

卖草席

村民挑出去卖的有大床席、二床席、双连席和枕头席。新郎席和百岁席都是要预订的，一般不挑出去卖。

200 多年来，上村梅、张两姓村民挑着草席走遍文成县内的每一个角落，都是父子、兄弟或堂兄弟结伴一起出门，山高路远，一旦发生意外可以互相照应。邻里之间也会打声招呼，告知明天谁家男子计划往哪个方向走，询问其他人是否一同前往。每人一次挑 10—15 张草席，早晨 4 点左右从家里出发，东南西北，各个方向都有人去。出门一次都要在外待上两三天，草席才能卖完。

"草席哎，卖草席哎，玉壶上村的草席哎。"这声音从早到晚、从春到夏、从秋到冬，一遍遍、一声声，在古道上、在小溪边、在村落里回荡着。有时候一天能卖完 20 多张，有时候却是 1 张也卖不了。由于路途远，卖不完就回不了家，就要找地方住宿。住宿一般都是在沿途居民家里，住一夜吃两顿给 5 角。

草席

　　有一次，张仁芳和父亲张碎汤一起挑着草席沿着玉壶、三官亭、五铺岭、半岭、大壤到了西山岩头。有一个妇女想买大床席，双方都已经谈妥。张仁芳停下担子，把草席解下来递给妇女。此时，妇女的嫂子从屋里出来，说她家有一张草席，不过边上破了一点点，可以修补一下送给妯娌继续用。妇女一听，就说不买了。张仁芳父子俩没办法，又挑起担子继续走。父子俩沿着孙岙、三甲坳、朱山、谈阳一路走，一路卖，不知怎么回事，一张草席也没卖出去。当晚，父子俩在谈阳亲戚家里住了一夜，想着既然草席卖不出去，不如暂时放在亲戚家。第二天两人回了上村。又过了一些日子，张碎汤叫张仁芳一起去谈阳卖草席，张仁芳却怎么也不愿意，张碎汤只好自己一个人沿着山路去谈阳，从亲戚家拿回草席，再挑着沿途叫卖。

　　卖草席需要一点技巧，嘴巴要"甜"一些。有时候，一些村民挑着一担草席走了一天都没卖出去，肚子饿又口渴，那份艰辛、那份无奈、那份煎熬真的无法用语言来表达。一次，村民梅朋妥挑着草席一路奔走到了大岂马山。一名新婚女子因为嫁妆里没有新郎席，正打算买张草席，可公公却不乐意。梅朋妥见此情景就停下担子，把草席摊放在地上，说："我的草席明码标价5元2角/张，若你要买，给我5元就可以了。睡了我家的草席，生个大胖儿子，明年的今天，我可要来你家讨碗索面汤（文成风俗，主家生了儿子，给亲戚朋友送一碗索面分享快乐）。"女子很是开心，可口袋里没钱，就去邻居家借了钱来买。一张草席就这样卖出去了。

　　卖草席走的都是山路，靠的是脚力。如果遇上雷雨天气，有时不仅浑身湿透，还要担心生命安全，那份艰辛只有经历过的人才能体会得到。一次，村民梅深因外出卖草席，回玉壶时天已经黑了。因为连续几天暴雨，垟头碇步和上村碇步都已被水淹没，无法通行。梅深因挑着一担草席，沿着栋头栋、后畔山路往回走。后畔山路林深树密，沿途伸手不见五指。怎么办？梅深因划了一根火柴，借着微弱的光线快速往前走，火柴灭了，四周又陷入黑暗之中。于是，梅深因又划了一根火柴，靠着这点微光，他一步一步摸索着回到家里。

　　那个年代，社会经济落后，家家贫穷困苦，可卖草席却让上村梅、张两姓人手头稍稍宽裕了一些。据说，吴山人养羊，羊有时候不听话，到处乱跑，主人生气了就会骂："你再跑、再跑，我拿棍子打死你，送到上村去。"为什么要把羊送到上村？因为这里的人卖草席，有余钱，买得起羊。那时候在玉壶，除了老街卖南货的和上村卖草席的收入略高外，其余的人收入都很低。

　　卖草席虽然辛苦，可有人因此成就了一段好缘分。一次，村民梅守钗和儿子梅李朝挑着草席前往瑞安，一路叫卖到了高楼。那时候旅馆少，卖草席的人大多留宿在沿途村民家里，走到哪里就住到哪里。当晚，梅守钗父子俩住在一农户家里，吃过晚饭，与主家坐在一起聊天。主家说自己有五个女儿，但没有儿子。梅守钗说自己有五个儿子，却没有女儿。于是双方约定对换一个孩子。就这样，梅守钗的四子与对方的三女对换。两家都有儿有女，皆大欢喜。其后，他们犹如亲戚一般互相往来。

除了挑草席到玉壶以外的山区叫卖，也有人到玉壶老街和大岙街卖草席。清朝初期，玉壶的商业街在塘下街一带，上村梅、张两姓人家就挑着草席去塘下街出售。后来随着社会的发展，商业街转移到店桥头、店桥岭、店桥街和店桥尾，卖草席的地点也随之改变。每当得知次日有客人来家里，村民今天就会拿着一张草席去店桥街售卖。他们抱着一张草席，从街头走到街尾，又从街尾走到街头，如果有人想买，就会停下来，查看草席的质量，谈妥价格，然后成交。得了钱，他们就会去买点肉和干海鲜之类的食品招待客人。

时间如流水般湍急，转眼到了 20 世纪 80 年代中期，随着经济的不断发展，人民生活水平也不断提高，布料和竹制品不再稀缺。于是，人们夏天睡篾席，冬天睡垫被，慢慢地，草席被淘汰，逐渐退出了历史舞台。到了 80 年代后期，梅、张两姓人家也不怎么织草席了，只是偶尔接些百岁席的订单。

"没人织草席了，席机架都拆了藏在封角尖上，你看，落满灰尘了。现年 60 岁以上的上村人都会织草席，可你看看，村里住着的大多是上了年纪的人，年轻人都在外地。等我们这一辈人走了，织草席的技艺就消失了。该如何把这项技艺传下去？谁若愿意学，我们免费教。"村民一边指着躺在封角尖角落里的草席和席机架，一边跟我聊着。

光阴如水，缓缓远去。当年织草席和卖草席的人要么离开家乡奔赴异国他乡讨生活，要么已经上了年纪。但上村的历史里，无论岁月如何激荡变幻，一定有一笔，写下了他们织草席和卖草席的艰辛与劳累。也一定会有人在看到被遗忘在角落里的席机架时，想起发生在那个年代里一个个或美好温馨或催人泪下的故事。

古道·田垟

上村南面是项埠垟，中间隔着门前溪；东北面是北岸垟，中间隔着芝溪。20 世纪 50 年代前，从玉壶前往上村有两条路：一是过栋头碇步或栋头石板桥，沿旁山路、石板坟、垟头、垟头碇步、中央岗和上村碇步到达上村；一是过栋头栋、后畈山路、项埠垟和门前溪，然后进入上村。

我们先来说第一条路线：经垟头进入上村，要过垟头碇步、中央岗和上村碇步，此地处于芝溪之中。垟头碇步和上村碇步分别位于东西两侧，中间隔着岩滩，即中央岗。起初这里没有碇步，来往

吉祥大桥

行人均需涉水而过。暴雨过后，水位上涨，人们皆望水兴叹。后有人搬了一些鹅卵石沿途堆砌，人们得以踏石而过。清朝末期，上村人筹资在上村与中央岗之间修筑碇步，是为上村碇步。民国期间，有人在中央岗和垟头之间修筑了垟头碇步。从此，垟头和上村、枫树龙等地之间终于畅通了。

如今，垟头碇步上方建起了如意大桥，上村碇步上方建起了吉祥大桥，行人、汽车均可从桥上通过。上村碇步和垟头碇步已不见踪影，它们已经完成历史使命，全身而退了。

再来说第二条路线：从项埠垟进入上村要过门前溪。门前溪为季节性溪涧，枯水期水流清浅，汛期则水流急速且浑浊。20世纪50年代前，行人来往两村之间均需踏水而行。20世纪60年代初，玉壶底村村民胡克添（家族）出资修筑石板桥，在溪上方并排铺设四块石板，是为项埠垟石板桥。从此，两村之间畅通无阻。1998年，旅

项埠垟石板桥　胡绍超摄

奥侨胞胡立井出资在项埠垟和上村之间建造混凝土结构的桥梁，以纪念外婆之德，故名外婆桥。2015 年 8 月 8 日，项埠垟石板桥被洪水冲毁。

　　从外婆桥往西约 50 米处的南侧就是上村路口。20 世纪 40 年代前，这里有两间草寮，石头墙，顶上铺着茅草，俗称"草店"（玉壶方言里的"店"都念第四声，但"楼头店"和"草店"的"店"念第三声）。草店的存在有其地利因素。从前，项埠垟与上村之间隔着门前溪，没有碇步，也没有石板桥，枫树龙、茶垟坑、谈阳、谈阳岭头一带的村民前往玉壶，必经上村，过门前溪和后畈山路、栋头栋，草店就处于这条路上，在一二百年前就已经存在。草店形成于何时？谁在这里开店？店里有什么商品？我们已无从知晓。

　　20 世纪 60 年代初，家住项埠垟的胡福银来到上村路口，在草寮东侧搭建三间两层木结构的房子并安居了下来。胡福银会做粉干，做好了就放在家门口卖，枫树龙、茶垟坑、谈阳等地的村民路经此处，都来买几斤粉干，也有人拿谷子来兑换，1.4 斤谷子兑换 1 斤粉干。到了 20 世纪 80 年代，胡福银后裔在这里开了一家代销店，店里有香烟、糖果等物品。如今草店原址上已建起砖混结构的落地房，面朝田垟和门前溪，视野开阔，令人心旷神怡。

　　从草店往西走是枫树龙、茶垟坑、谈阳岭头和谈阳等地；往北是上村老屋；往南过上村碇步，可前往垟头、吕溪等地。我先往西走，再转向东侧，沿途的村民告诉我上村的各个小地名：上村老屋、中央坦屋、十二石、五石、六石、七石、三石、八石。上村老屋即张子嵩最先居住的地方，原是一间草寮，后改建成木结构的老屋。如今老屋也没了，边上都建起了新房子。中央坦屋即是处于中央的位置。十二石是什么意思？这里的地名为何会频繁出现"石"字？村民缓缓诉说，我的疑惑得以解开。

　　说起有关"石"的地名，还与地租有关系。200多年前，玉壶本地人有了钱就来北岸垟、上村一带买田置地。20世纪40年代前，这里的大部分田地都归底村人和枫树龙人所有，没地的农民就向地主租种田地，租地需要缴番薯丝，租田需要缴谷租。地主根据一块田的大小、位置和肥沃程度来定谷租。那时，一石等于50斤。比如这块地一年的谷租是十二石，那就是600斤。这里的"斤"与我们今天所说的市斤不同。这里的斤是指"好称"（谐音），"好称"的1斤相当于我们如今的1.6斤。所以那时的十二石就相当于如今的960斤。

　　张子嵩和梅夫人婚后租种胡财主的田地。随着家里添丁加口，他们租种的田地也越来越多，所以上村以"石"命名的地块也多了起来。后来，虽然一些村民做生意赚了钱，买了田地并建了房子，但地名仍旧沿袭着。200多年前，梅家三房的梅南类系堪舆先生（即

七石

风水先生），赚了很多钱，买了六石的地块，建起木结构的房子。此屋四面都有围墙，门台前方有门。木门，木墙壁，顶上铺有青瓦，烟熏火燎，经历了200多年的风风雨雨，也藏下了200多年的奥秘。因为有钱，梅南类为自己和儿子梅大海分别选了温州南白象和上湖乡土地作为安息之地。试想，200多年前，没有汽车，没有轮船，灵柩从玉壶用竹排运送到温州，要花多少心思？多少费用？由此也可以看出当年梅家三房的富裕程度。至今，上村仍流传着这样一句俗语：大房的人，三房的银。说的是梅家大房人丁兴旺，三房则是非常富有。如今，六石的老房子已经被拆。

时间到了20世纪50年代初的"土改"时期，七石、十二石、三石、八石等田地被政府收走分给贫农。如今，十石的地块上建起十间砖木结构的落地房。十二石是一块大田，边上种着蔬菜，中间是圆形的水塘，十多只鸭子在水里嬉戏着。十二石西侧是七石，种着玉米、番薯和茄子之类的农作物。

路上遇到一位村民，问：你邹扭橘走来（玉壶方言，指你从哪里来）？答：我邹八石讲哈谈呢，正走到堆，就碰着你了（玉壶方言，指我之前在八石唠嗑呢，刚走到这里，就遇到你了。"堆"在这里发第二声）。这样的话语，你听懂了吗？

站在十二石和七石之间的水沟边，极目远眺前方的田垟，稻苗绿绿的，南瓜藤绿绿的，番薯藤绿绿的，豇豆叶子绿绿的，水塘里的水葫芦也绿绿的。绿是生命的颜色，有绿，便有风。风中，有弥漫四野的花草芬芳，有清脆嘹亮的蝉唱鸟鸣，有生生不息的生命底色。前方，溪水缓缓流淌，悠长的声音连绵不绝，像极了一首清越的歌谣。后方，青山永远屹立，超然于尘，昂首于天。

衣橱岩、水碓岗、栗树岗和鸡荒岩是上村的风骨，而如一条玉带环绕着村落的门前溪则是上村的灵魂。我喜欢上村后方的青山绿树，喜欢门前的潺潺流水，喜欢从烟囱里升腾而起的袅袅炊烟，喜欢这里每一个平凡的日子。

　　在上村，在这个太阳炽热、天气炎热的季节，门前溪的水总会携着一缕岁月的清香，让所有的生命演绎得既尽兴又完美，让那些斑驳的光影在一份从容之外似乎又多了一份厚重。

　　来上村，看溪流轻淌，在水一方；赏田畦风光，在桥一侧；听如歌往事，在院落一角。

站在后畔山路望上村

项埠垟

古道环绕村居 房屋散落田垟

　　秋色正好的一个早晨，我从栋头棋盘出发，沿栋头栋向前走，过五十步（台阶的名称）进入后畔山路，继续前行约 100 米，眼前豁然开朗：成片成片的田垟翻着金黄的稻浪，和远处的青山、近处的村落相映成趣。蓝天、白云、稻穗，入目皆是喜人的丰收景象。这就是项埠垟村。

　　项埠垟为一片田垟，村居散落其间。关于项埠垟这个地名的由来，有两种说法：一种说法是项姓富商在芝溪和门前溪交汇处建了一个

站在上村望项埠垟

埠头，用于转运水竹和毛竹，故名；另一种说法是此地与上村之间隔着门前溪，项氏在门前溪修筑碇步便于出行，于是此地被称为项步垟。

项埠垟位于玉壶西北部，与上村隔溪相对，由外坦屋（也称楼里）、底坦屋（也称垟里）、老屋湾、老屋湾岭脚、垟心等组成。此地坐落在芝溪和茶垟坑的臂弯里，稻田环绕，鸡犬之声相闻，住户皆为胡姓。

迁　居

项埠垟人世世代代口口相传：项埠垟始居者为项姓富商，是做生意的。项氏是从哪里搬来的？什么时候搬来的？村里已无人说得出来。

项氏家住田垟中，埠头设在芝溪和门前溪交汇处，项氏雇人用竹排将毛竹和水竹运到平阳、瑞安、温州市区等地。毛竹和水竹是从哪里来的？这还要从项埠垟的地形说起。项埠垟北面临溪——门前溪，东面是门前岗（即后畈山岩壁），东南面、南面、西南面是连绵不绝的雷节岗、宫岗、大猫垞、昌湾、潘花湾、岗头、齐山隆和上爿样。古时候，这一带山上多毛竹和水竹，与树木相杂共生，一坡坡，一坳坳，成片成片布满山岗。竹子年年绿，竹笋年年长。村民守护着这片竹林，也被这片竹林守护着。除了项埠垟，上村的七竹塆等地也有很多毛竹。竹制品在村民生活中可谓是无处不在，照明用火篾，吃饭用竹筷，睡的是竹床，坐的是竹椅，晒谷用谷簟，挑担用番薯篰和簟箩。水竹的主要用处则是造纸。项姓富商头脑活络，认为这是赚钱的好机会，就在芝溪和门前溪交汇处建了一个埠头，收购毛竹和水竹后再雇人通过溪水"放"到外地。那时候，项埠垟埠头非常热闹，竹筏来来往往，络绎不绝。有人肩扛着毛竹来到这里，有人撑着竹排离开这里，有人在竹排上装卸各种各样的货物……有人前来，有人离开，一时间，招呼声、讨价还价声、说笑声伴随着流水的哗哗声此起彼伏。

由此，项家生意越做越大，钱也越赚越多。项埠垟和上村一带田垟多，土地肥沃，项家有了钱就买田购地，当年这一带很多田地都是项家的。

项氏家大业大，本来应该是子嗣绵延，成为大家族。奇怪的是，如今村里已没有项氏后裔。项家究竟发生了什么事？后来去了哪里？为何要搬走？没有答案。

如今居住于项埠垟的皆为胡姓，分为三个房族。继项氏之后来到这里的是胡应春和胡应登兄弟俩。据《胡氏宗谱》记载：家住玉壶中村垟家道（即如今的洗埠头巷染布坊边上）的胡尚佐育有八子，因兄弟众多且玉壶本地田地又少，生于清乾隆辛酉年（1741）正月初一的次子胡应春和生于乾隆癸酉年（1753）正月初九的六子胡应登就相约一起搬到项埠垟。

当年从中村到项埠垟只有一条路：从洗埠头巷出发，过横山头、门前岗，然后到达项埠垟。那时候的门前岗还是杂草丛生地带，胡应春和胡应登挑起所有的家当一步一步踩着杂草，踏着岩石，走过高田，沿着后山前行，到了老屋湾岭脚。这时，胡应春停下来说：

项埠垟老屋湾岭脚的残垣断壁

"这里挺好的，山脚下避风，阳光也充足。我就住在这里吧。"胡应登表示赞同，但他没有停下前行的脚步。胡应登走上山岭来到老屋湾，这里是一块平地。他放下担子，伐木筑屋，在老屋湾搭起一间草寮住了下来。老屋湾岭脚和老屋湾相距不过 100 米，山里寂静，吆喝一声，对方就能听到，兄弟俩可以互相照应。

这里没有纷扰，没有喧嚣，有的只是花和草的缠绵，风与树的呢喃。兄弟俩开荒种地，以时光为笔，用大地做笺，书写着各自平淡的人生。他们种番薯，也种麦子和稻子，凭借自己勤劳的双手过上丰衣足食的生活。许多年过去了，兄弟俩分别娶妻生子。胡应登

育有四子：金位、启路、金路和维聪。胡应春育有两子：维明和
维川。

　　继胡应春和胡应登之后来到项埠垟的是胡起鹏。生于清乾隆辛
未年（1751）农历十一月初六的胡起鹏为国学生，家住上村庄三祠
堂对面，娶妻陈氏。胡起鹏搬到外坦屋搭起草寮，在附近租了田地
种植靛青。这里的青山秀水，特别适合靛青生长。胡起鹏将靛青挑
到玉壶、平阳、青田等地出售，以养活自己和家人。因为种植靛青，
胡家渐渐富裕起来了，其后裔在外坦屋盖了两层楼的房子，由此人

俯瞰项埠垟

们也称外坦屋为楼里("里"在这里发 lei 音)。胡起鹏育有四子:维贞、继启、继涞和继庚。

最后搬到项埠垟的是家住下东溪的胡从斌。不知道哪一年,生于清道光癸卯年(1843)农历十月十二日的胡从斌风尘仆仆来到项埠垟,在外坦屋北侧约 50 米处的稻田中央搭了间柴屋并居住下来。此地位于田垟的中心地带,人们称这里为垟心。胡从斌育有两子:克隆和克满。

民国之前,项埠垟只有 5 座老屋:老屋湾老屋、老屋湾岭脚老

屋、外坦屋老屋、底坦屋老屋和垟心老屋。后来，随着人口数量不断增加，村民逐渐在田垟里建起房子，他们种田、种靛青，挑担赚钱。到了20世纪80年代，玉壶兴起了一股"出国热"，项埠垟人纷纷借助亲属关系，极力筹集路费把孩子送往西欧去打工、做生意。如今，这里的家家户户几乎都是华侨，走进一户人家，主人会热情地招呼你："来，喝杯咖啡。"

太阳，升起又落下，落下又升起。一天一天，一月一月，一年一年，时间如梭，从不为谁停下脚步。过着过着，生命的花瓣就洒落在清澈的茶垟坑和芝溪里。一代又一代项埠垟人就这样在这片田垟里静静地生活，辛勤的汗水滴落在泥土里，他们在田间地头收获庄稼和希望，把日子过得如门前溪水一样纯粹。

挑　担

在上村和项埠垟流传着这样一句俗语：上村人织草席，项埠垟人担担(玉壶方言，指挑担)。项埠垟人的主业是种田，副业则是挑担。玉壶至大峃的公路于1973年9月1日通车，在此之前，外地货物进入玉壶，一是靠筏运，二是靠肩挑。项埠垟人做挑夫究竟是从什么时候开始的？有人说始于清乾隆、嘉庆年间，因为那时候玉壶的楼头店已经出现，海鲜、盐、糖等物品都是从温州、瑞安等地通过筏运或肩挑"来到"玉壶的。那时候虽然已经有筏运，但挑夫也很多。去营前挑担的路线是这样的：从玉壶出发，过子母宫、米笠岭、岭头垟、后山岭脚、木湾、上店培、上店、林坑口、寨后、东坑，最后到达营前。这条线路大约有30里，一般都是三四个人邀约，结伴同去，出发时他们拿着扁担和麻袋，回来时就挑着沉重的担子了。

那个年代，营前有私盐出售。项埠垟人带着饭团，邀几个同伴去营前购买私盐。来回的路上，饿了就吃饭团和番薯丝团，渴了就喝沿途的凉水。来往于这条路上的次数多了，哪里有凉水，人人心里都有数。比如，外楼的锅灶泥洞和岭头垟的新亭都有凉水坑，渴了就喝几口。有时渴了实在找不到水，就喝沿途的芝溪水。当时盐的价格是1角3分/斤，项埠垟人一般购买100斤左右的盐，沿路挑回玉壶，但并不直接回家，而是继续前往十源、二源、三源或金星、朱雅等一些偏僻的小山村，这样每斤盐的价格一般能卖到1角5分至1角6分。山里人家都是3斤、5斤地买。卖完了回到家里，过了一两天，再与同伴相约，继续买盐卖盐，周而复始。村民胡克傑、胡绍香、胡克易三人关系较好，经常相约一起去营前挑盐。因为要赶时间，他们通常早上4点出发，照明的工具是苦母秆。苦母，玉壶人又称其为生菜。苦母成熟的季节，村民就把其叶子摘下来当菜，然后把秆截成80—100厘米的长度，压在烂田里，10—15天后捞起来，洗净，晒干。这样制成的苦母秆耐烧，就可充作照明工具。借着苦母秆微弱的亮光，一群人沿路而行，待天亮就把苦母秆熄灭。

如果去大峃挑担就要从店桥头出发，沿着店楼墩、三官亭、潘山桥、五铺岭、半岭、胡峦桥、项山、大壤岭、大峃岭、珊门，然后到达大峃。出发时，每人只带着扁担和袋子，可以说是轻松上路；回来时，就是沉沉的一担了。每100斤货物挑到玉壶能得到1元3角工钱。挑回来的是布匹、糖、烟、文具等物品，都是送到玉壶供销社仓库里的。

挑往李山、朱雅和金星等地一般都是海鲜、酒、糖、酱油、布匹、棉花、肥皂、文具等物品，每100斤货物的挑工费是1元4角。酒和酱油放在酒埕里，化肥放在麻袋里，氨水放在水桶里盖上盖子，肥皂、文具之类小物品则放在番薯簛或篅箩里。有一些勤劳的人在回来的路上还会顺便砍点柴挑回家。

那时候，古道上人来人往，也有一些不良分子会瞅准机会骗挑夫的钱。有一次，项埠垟外坦屋一位胡姓村民挑着货物到金星，口袋里有三块钱。回来的路上遇到一个人，喊他玩"猜三张牌"游戏。其实这是一个骗局，眼看那个人按下去的是红桃 K，翻出来的却是黑桃 A，胡姓村民怎么也猜不到，三块钱也被骗走了。过后，胡姓村民意识到自己上当受骗，起身拿起扁担追了上去，那个人飞快地逃走了。胡姓村民很伤心，这毕竟是自己挑货物走了这么远的路才得来的工钱，没想到就这么没了。

挑担途中，有时也会突然遇上暴雨，巨石下、屋檐下都是躲雨的好去处。有一次，胡克杰挑担到了岭头垟，天上突然下起雨来了。当时正是吃午饭的时间，他走进一户人家，主人很热情，盛了一碗番薯饭请胡克杰吃。胡克杰心头一热，很是感动。

村民还说起 20 世纪 50 年代末—60 年代初挑担途中经常看到的一幕场景：一个带有永嘉口音的女子经常赶着一头牛出现在外坦屋边上的古道上。女子名叫坚强，知识分子，身材适中，面容清瘦，衣着整洁，当年被定为"右派"下放到项埠垟，就住在外坦屋的牛栏隔壁。无论是晴天还是下雨天，坚强都会赶着生产队的牛出现在水沟边、坟坦边和古道上，一手拿着一支蚊拍，一手拉着一条牛绳，其后跟着一头牛。坚强或戴着草帽，或撑着雨伞，神情落寞。村民跟她打招呼，她会微笑回应。村民很是同情她，有好吃的会给她送一点。时针指向 1962 年，坚强得以"平反"，回到了永嘉。从此，她和牛都消失了。

底坦屋还有这样一个令人伤心的故事：1992 年 6 月，底坦屋一位 21 岁的年轻人在亲友的帮助下办好劳工手续即将前往意大利。家人为安其心，特意定了一门亲事，对方是一位同龄女子。年轻人认

项埠垟老屋

为婚姻大事该由自己做主。父母态度强硬，表示不娶老婆就不让他出国。年轻人无奈，只好答应结婚。婚后第 13 天，男方出国。为了表达对父母的不满，他从不给女方写一封信、打一个电话或托人带一个口信。女方满腹辛酸、饱受煎熬，经常独自在小路上徘徊哭泣，仰望前方，盼望丈夫归来……30 年过去了，那位女子鬓角已经有了白发，眼角有了皱纹，但始终没有再见到丈夫，也没有听见那朝思暮想的声音。

这两个故事是那个特殊年代的记忆，在此谨记一笔。

又是秋风起，又是天气凉。当年健壮如牛的小伙子如今已是白发苍苍。一聊起当年挑担的往事，他们总会感慨一声"想当年呀，我能挑 150 斤呢"，抑或叹一声"那时候真年轻，走山路，什么都不怕，只想着赚钱"。

脚踩着田间小路，我一步步走向村民家里，目光在上间的扁担和簟笥上逡巡，思绪仿佛也穿越了时空。真好，如今村村通公路，再也不用肩挑背扛货物了。记忆远了、模糊了，但那一条条田埂、一块块残存于古道上的鹅卵石应该还记得那些挑夫的样子，以及他们那些艰辛和辛酸的往事。

古　道

　　往来通行之处称路。村民告诉我，清朝之前，项埠垟人大多是从高田出发，过门前岗、横山头，然后到达玉壶。因为过门前岗需要上山再下山，才能到达横山头，渐渐地，有人就在门前岗山脚的岩壁上开凿道路，这里便有了一条高低起伏不平的蛮石路。20 世纪 50 年代，从玉壶进入项埠垟有两条道路。一是从栋头棋盘出发，过栋头碇步或栋头石板桥、旁山路、垟头、垟头碇步、中央岗、上村碇步、上村和项埠垟石板桥，进入项埠垟。这条路线相当于围着项埠垟绕了半个圈，远。一是过栋头棋盘、栋头栋、五十步和后畔山路，然后直达项埠垟。后畔山路这条古道是捷径，近。

　　项埠垟人喜欢走后畔山路这条古道。从栋头棋盘榕树下出发，沿栋头栋往前走，右侧是一片水竹丛，水竹年年绿、年年长，风声、水声、鸟儿的鸣叫声混杂在一起，甚是悦耳。水竹丛的西侧有一棵古松。1957 年，我国兴起"大炼钢铁运动"，栋头栋和横塘栋南侧竖起 20 多座高炉，用硬柴炭炼铁砂。无法完全利用的铁砂被烧制成一块块铁饼，因为没有利用价值，玉壶人称其为"铁粪"。这些铁粪无处倾倒，只好都倒在古松和水竹丛之间，这里成了黑乎乎的一片。1960 年初，"大炼钢铁运动"结束，高炉全部被拆除，铁粪也渐渐消失了。过了水竹丛就是五十级台阶，俗称"五十步"，其上就是后畔

项埠垟南侧古道

山路。五十步连接栋头栋和后畔山路。

　　玉壶自来水厂后方的后畔山路是一块巨大的岩壁，岩壁前方临水——空肚澎。这一段路有些地方是光溜溜的岩壁，有些地方则铺设几块蛮石。这段路先上后下，路面高低起伏，随着山势而变化，不好走。尤其是下了大雨以后，岩壁湿滑，一不小心容易摔倒。

　　过五十步再往前走，约50米处的左侧有一个"鬼洞"，其上方是一块三角形的岩石，下方是一个深约3米的大洞。下雨天，雨水从岩壁上顺流而下，汇入鬼洞。为什么称之为鬼洞呢？项埠垟人说，这洞很深，里面有蛇蛊。蛇蛊是什么？怎么会来到这里？

20世纪40年代以前，项埠垟和上村流传着这样一个让人心惊胆战的传说：垟头一位财主在农历五月初五那天，让家里的长工前往各地收集百种有毒之虫，合置于一陶罐中藏于密室，经年后打开，发现有一虫食尽诸虫而独活。此虫为剧毒之物，俗称蛇蛊。蛇蛊能懂主人心意，不伤害主人，只伤害他人。财主就将蛇蛊安置于香盏之上，每日以毒虫喂之。数年后，蛇蛊开始每天吐出白银一小块。财主因此日益富裕。但蛇蛊有一个特点：每年要吃一个人。财主就想方设法找人给蛇蛊吃。村民终于发现了这个秘密。有一年，财主把一个亲戚骗到家里给蛇蛊吃。亲戚失踪之后，其家人就到财主家里闹，要求将蛇蛊送走。财主没办法，只好把蛇蛊送到鬼洞里。这消息传了出来，来往于这条路上的行人明显减少了。一到夜里，更是鲜有人来往于这条路上。原本上村和项埠垟的孩子前往玉壶上学大多从这条路上经过，经此事后，孩子们宁愿多走几步路，绕道垟头碇步、垟头和旁山路，然后前往玉壶。1979年修筑后畔山路时，鬼洞被填埋。

这蛇蛊之事仅存于村民的口口相传之中，其本身也许就

是"说不是就不是，是也不是"。

过了鬼洞继续前行，前方就是一条古栋，其南侧是一条小溪坑，溪水哗哗地流着。其北侧则是稻田，每到春天，秧苗绿油油的；每到秋天，稻子黄澄澄的。继续往前则是由鹅卵石铺就的宽约一米的田间小道。到了高田，古道分成两条：一条在南侧，过外坦屋门前，穿过田埂，到达老屋湾、老屋湾岭脚、底坦屋和齐山隆等地；一条在北侧，绕过垟心老屋，到了项埠垟碇步和石板桥南侧。古道向西面延伸，拐过田间地头，又转向西南方，放眼望去，前方是一片宽广的田垟，地里种着番薯、蔬菜，田里是丰收在望的稻子。道路继续往前，与南侧古道合二为一，也能到达老屋湾、老屋湾岭脚和底

项埠垟稻田

坦屋等地。

底坦屋因位于项埠垟底部，故名；又因其处于田垟里，也被称为垟里老屋。坑水从山涧里汇聚而下，流过齐山隆和底坦屋西侧，水流清澈澄净。溪坑成了这里最美丽的流动风景，也成了平时最热闹的交流场所。清晨，当东方刚出现鱼肚白，溪坑边便热闹起来了，淘米声、洗衣声，声声入耳。溪坑上方道坦上有一棵柚子树，记忆里一位慈祥的老爷爷与一位生性和善的叔叔总喜欢在柚子树下站着，看看远方的稻田，与邻居聊几句。孩子们则在道坦上嬉闹、追逐。跨越三十年的时空，如今我再一次站在这里，依然能看到溪坑百转千回后的安详和宁静。坑水日夜不停地流，底坦屋的儿女们如今大多散落天涯。唯有那份乡愁、那口乡音、那份思乡情与底坦屋这片土地相依恋，至久长。

当年那条围绕田垟的鹅卵石路如今已被拓宽成了水泥路。村民告诉我，后畔山路历经多次修筑、改建，先是蛮石路，后是机耕路，如今是路基宽约 8 米的水泥路。说到后畔山机耕路，我们必须提到一个名叫胡梓麟的侨胞。胡梓麟生于 1907 年，底坦屋人，1936 年前往新加坡打工，后居于荷兰。1983 年，胡梓麟回国探亲，看到后畔山路仍然是蛮石路，连板车也难以拉过去，心里很是难过。路都没有，可怎么致富呢？村里有一位名叫胡遇提的村民是退休干部，还有一位名为胡克样的村民也热心公益事业。三人一合计，决定由胡梓麟捐赠 500 荷兰盾作为后畔山机耕路的先期资本，资金交给胡遇提和胡克样管理。其后，胡克样等人召集项埠垟人和上村人，说想修筑后畔山机耕路，以便板车和拖拉机通行。这想法得到所有人的支持，大家纷纷表示，每户人家有钱出钱，有力出力。玉壶镇政府得知此事，也资助了一笔钱。

修路就是造福村民。据《文成县交通志》记载：1984 年 4 月，玉壶栋头至五一机耕路（即后畔山路）动工。家家户户都积极参与，男男女女、老老少少肩挑背扛、手提泥土，用板车运送泥块。

　　一位上了年纪的村民告诉我：当年听说要修筑后畔山机耕路，那份高兴劲儿简直无法用语言来形容。不管天晴下雨，不管严寒酷暑，她每天晚上都会准备好次日的饭菜和猪食的原料。次日4点起床烧火煮猪食，然后烧饭，喊孩子们起床。一切就绪已是8点左右，这时附近的村民都陆续推着板车、挑着泥箕去后畔山路了，她也急忙拿起扁担、带上挖土的工具跟在人群后面往前走。到了后畔山路，村民就忙开了：有人挖土，有人把土扒到泥箕里，有人用双手提泥土，有人肩挑一担泥箕去倒土，有人打炮扦。门前岗是一块巨大的岩壁，十分坚硬，只能先用炮扦打孔。于是，一人扶住炮扦，一人抡起大锤用力敲打炮扦，然后凿出一个个孔，把炸药塞进炮扦孔里炸开岩壁。一个名叫阿平的村民力气大，有拉板车的经验，于是众人就将泥土倒进板车里，由阿平拉走。有时因为板车过于沉重，就有两位村民在后面帮忙推。

　　那时候人人都穷，没手套，没雨鞋，每天赤手赤脚去挖土扒土，手脚经常被磕碰到，以致鲜血淋漓。下雨天，赤脚站在地里，常常冷到浑身发麻。就这样修修停停，后畔山机耕路终于于1984年底修成。有一天，有人在村里喊：拖拉机开进项埠垟了。全村一下子沸腾起来。所有人都走出家门，争相去看看拖拉机是怎么进入项埠垟的。

　　那时候的机耕路是砂石路面，高低不平，拖拉机进进出出颠簸得很厉害，但毕竟路通了，方便多了。男人沿着这条道路外出挑担，女人则把绿豆腐、苦菜等食品挑到店桥街和店桥岭等地出售。

　　蓦然回首，往事已是苍凉。沿着岁月的足迹，让我们一步一步顺着后畔山路往前走。芝溪之水，流而不绝。后畔山之木，清秀至极。这些千百年来一直存在着、一直相依着不能化为尘埃的，终将成为不朽的精神。时光带走了历史的尘烟，后畔山机耕路已经被宽广的水泥路所替代，只有当年修筑机耕路的热闹场面还停留在项埠垟人和上村人的脑海里，入骨入魂，挥之不去。

今夜，项埠垟夜凉如水，月色温柔，星星目光柔和地注视着这里的稻田、灯光和溪坑。有人坐在路边的石凳上聊天，有人在村委会门前看露天电影，有人在马路边跳广场舞，有人倚靠木门等待远方归来的亲人。"忽有故人心上过，回首山河已是秋。"星空下，你想起了谁？

那个住在外坦屋牛栏隔壁，在特殊年代里被"下放"的名唤坚强的永嘉女子，是否别来无恙？那个家住底坦屋，说话轻声细语，喜欢生火做饭，喜欢站在柚子树下与邻居聊天的老爷爷，他的故事讲完了吗？那个拎着公文包走过田间小路，急急忙忙赶着去乡政府上班的叔叔，可还安好？那个坐在灯下等孙子孙女回家，把门打开又关上、关上又打开的周前女子，可还坐在家门口的矮凳上望眼欲穿？那个20世纪90年代背井离乡侨居意大利，此后没给妻子写过一封信、打过一个电话或托人带一个口信的男子，此时身处何方？那个婚后第13天，丈夫就前往意大利，每到月圆之夜就在道坦上惆怅徘徊，眼睛始终望向远方，脸颊总被泪水打湿的女子，是否已经听到那个只在梦中响起的声音？

是的，此时我会想起你。我微微地仰起头，闭上眼睛，一任星光缀满我的脸颊。已是夜深，路上更无一人，只有蛙声一片，星光悄悄步入我的心房，底坦屋的溪坑在轻轻吟唱，吟唱——那是你写给我的诗句：这里秋风沉醉，这里秋草枯黄，这里稻浪滚滚，这里宁静安详……

玉泉寺　那一股清泉
净化人的心灵

　　当六月暑气蒸人的时候，总想着去寻找一方清凉。去哪里呢？
心一动，脑海中突然蹦出"玉泉寺"三个字。对，这里有古色古香
的寺庙建筑，有悠久深厚的历史底蕴。在这里，能嗅到一丝清新，
能融入一种境界，能感受到一份静谧。

　　玉泉寺所处的地段为外楼垟，位于玉壶镇外楼村，原名象冈寮。
据《瑞安县志》记载：玉泉寺，旧称崇福寺，明永乐甲申年（1404）建；
清道光丙戌年（1826），寺僧隐庵增建钟鼓楼；清同治丙寅年（1866）

俯瞰玉泉寺　玉泉寺供图

前进朽坏，重建后，改称玉泉寺。据《玉壶镇志》记载：1924年，玉泉寺增建房舍20间。新中国成立后，玉泉寺的前进曾作小学用房；1987年，重建西方殿和大雄宝殿；1987年，当地侨胞胡志光等出资5.1万元人民币支持小学另建用房；1988年春，小学从寺院迁出。

井水：清澈甘甜

在我童年的记忆里，玉泉寺的前进是教室和老师的办公室。前进前面两个房间是教室，每天书声琅琅；课余时学生在空地上玩耍嬉闹。前后进之间连接处有南北两个池塘，中间是用卵石铺就的道坦。雨和阳光落进池塘与道坦，像南音和戏曲的调子，雕琢出一份安静的时光。这是年少时，这里给我留下的印象。

　　道坦后面是一个戏台，平时玉壶镇小师生开会和演出都在这里。戏台下方有两口水井，一口大、一口小，水井呈四方形，井口铺有条石。水源出自地下，源头远，无污染，一年四季都不会枯竭，水质清冽甘甜。水井边上的空地铺设块石，东北侧有一个洗衣、洗菜的地方，下方由石头垒砌着，上面铺着一块长条石，平时二僧（女性出家人）在这里洗衣洗菜。那时，外楼只有两处有水井，一处在玉壶镇小门口的西北侧，另一处就是这里。

玉泉寺大门　胡绍超摄

　　玉泉寺的则示师父告诉我：玉泉寺原本也有大僧（男性出家人）。明末清初，玉壶大旱，玉泉寺边上的蛙蟆坑都干涸了。在不经意中，一位大僧发现玉泉寺地底下有水渗出。于是寺内大僧齐心协力，起早贪黑，一天又一天，一月又一月，终于合力凿出一口大井。这水清冽至极，可谓琼浆玉液。外楼村民得知消息，纷纷来此挑水，至此，这口井造福一方百姓。因为外楼人口众多，每天来此挑水的人很多，白天井水刚渗出就被挑走了，可过了一夜，井水又满了，周而复始。后来有人在大井边上又凿了一口小井，用于洗衣洗菜。

　　那时候，我的教室就在玉泉寺前进。一下课，我们就在道坦和门台前跳橡皮筋、追逐嬉闹。特别是夏天，口渴了就跑到后进的水井边，看到有村民在挑水，我们就打声招呼，拿起瓢子从水桶中舀起水就"咕噜咕噜"地喝起来，那井水真是清冽可口。有时，喝多了，跑起来还能听到肚子里"咚咚咚"的水声。

　　暑假里，我们每天中午都跑到外楼樟树下乘凉。樟树虬枝铁干，枝繁叶茂。在我的记忆里，樟树边上围有一圈大石头，我们称之为石墩，村民喜欢在这里聊天乘凉。于是就有这样一个场景，有人挑着两桶水晃晃悠悠地过来，到了大樟树下，我们就会叫起来："喝口水，喝口水。"于是挑水的人就会停下来，从桶里拿出瓢，舀了一瓢递过来，第一个人接过水，"咕噜咕噜"地喝了起来。接着第二个人、第三个人都会过来，喝完了，不忘说一声："这井水真甜，真好喝。"

　　许多年后，我们背上行囊远走他乡，但记忆中玉泉寺井水的甘甜却一直留存心中，任何时候只要一想起玉泉寺，一股清流就会慢慢地涌上心头……

二僧：仁慈善良

那时候，玉泉寺的门一直都是开着的，村民无论白天晚上都可以进来挑水。但因为外楼樟树下至玉泉寺这一段路两边都是稻田，没路灯，一到晚上就黑乎乎的，于是村民都选择白天来挑水。我家住外楼四面屋，离玉泉寺近，所以周末或放学后都会与同学们在这里玩耍嬉闹。

玉泉寺后进的最中间位置是戏台，南、西、北侧都是二僧的住房。住房前面是一溜长长的门台。一位年老的二僧经常坐在一张靠背椅上，一根拐杖靠在椅子后方的墙上。她手里拿着一串佛珠，眼睛微闭着，神情安然，嘴里念念有词。戏台的西北侧有多级台阶，每到下课时间，我们就到处乱跑，有时会在戏台上蹦蹦跳跳，弄得灰尘漫天飞舞。这时，那位坐在门台前的二僧会睁开眼睛，叫起来："不要跳，不要跳，灰尘会掉进井里的。听到没有？"玩得正起劲的我们哪里还管这些，你推我，我推你，嘻嘻哈哈闹得更凶了。二僧见我们如此，就起身拿起拐杖，朝我们走来。我们担心那拐杖会扔过来，于是一溜烟跑下戏台，跑进教室，躲在门后，透过门缝往外瞅。二僧没有追过来！我们又跑出教室来到戏台上继续蹦跳，二僧又来追。

有一次，我和几个同学在道坦边上的门台前跳橡皮筋，跳累了，也渴了，于是就来到戏台下找水喝。当时水井边上没有村民在挑水，我们找不到瓢子。怎么办？一个同学叫我趴在井沿上，另外两个同学分别拽住我的两条腿，我两手抓住井沿边的石头，将头伸到水井里喝水。正喝得起劲，听到有人在大喊："不能这样喝水。你们这些孩子。起来，起来……"我们一听愣住了：不好，二僧来了。那两个同学放开我就逃，我也慌里慌张地从地上爬起来，瞥了一眼二僧，转身就跑。恍惚间，我看见那位年老的二僧拄着拐杖，还在追我：
"你总是这么淘气。我告诉你妈妈，看她怎么收拾你。"我知道，完
了，这二僧是我爷爷的堂妹，妈妈曾带我去玉泉寺找过她，她认得我，
肯定会把这件事告诉我妈妈。这么想着，我心里就非常恨她。这么
坏的人，得想个办法气气她。怎么办呢？终于我们想到了一个好办
法：去偷二僧的佛手瓜，气气她，看她还敢不敢在我们喝水时大喊
大叫。二僧的住房后方是菜园，种有佛手瓜。一天下午，趁二僧不

2024年的玉泉寺内景　玉泉寺供图

玉泉寺外景

注意，我和朋友偷偷地跑到二僧的菜园里，看见佛手瓜就摘，摘一个，吃一个，我一共吃了三个。如今想想，那时年少，误会了二僧的好意，她应该是善意的：她也许是怕我们不小心掉进井里，也许是怕我们弄脏了井水，才阻止我们那样喝水。

许多年后，我的脑海里依然会出现这样一个温馨的场面：学生在道坦和空地上玩耍，村民来戏台下挑水，二僧坐在门台前念经，各做各的，互不干扰。玉泉寺本来就是二僧的清修之地，可她们却容忍我们在此嬉闹，允许每一个村民来此挑水。这份慈悲与包容之心，实属难能可贵。

村民：乐于助人

我家住在外楼，从小我就看着母亲每天去玉泉寺挑水。弟弟比我小一岁，母亲总是用拀巾（旧时玉壶人用棉花织成粗布，裁成两尺宽、四尺长左右的宽带子，用于将孩子捆包在父母背上）把弟弟捆扎在背上，然后挑着水桶到玉泉寺挑水。我则跟在后头，一边"妈妈，妈妈"地叫着，一边小跑着。母亲会停下来歇歇，等我跟上来。这样的场景延续了好几年，直到我慢慢长大，能独自出去玩了，才不跟着母亲去挑水。

奶奶告诉我，住在外楼四面屋的祖祖辈辈都靠着玉泉寺这口井的滋润，才得以人丁兴旺。这口井地势好，地气足，水脉旺，喝了这井水，能延年益寿。这不，外楼四面屋和樟树上老屋的很多人都很长寿呢。

打我记事起，就有一个名叫志镇的男子经常在玉壶本地到处逛，村民都称他是癫人。有人说，志镇住在东樟村，以前在福建工作，是个踏实能干的小伙子。在一个漆黑的夜里，一个工友躲在单位楼下和他开玩笑，故意吓他。志镇当场被吓得哇哇大叫，接着一连几天发高烧，之后脑子就坏了。后来，志镇的精神状态时好时坏，家人只好接他回玉壶。他在家里待不住，就跑到镇上来，这里走走，那里逛逛。他神志清楚的时候，会告诉人们：如果我的眼睛像油炒过了一般油光发亮时，你们都不要惹我，这时候我会控制不住自己的；如果我的眼神看起来很温和，你们可以叫我帮忙做事情。于是，就经常见到这样一种情形，有人从玉泉寺挑水回家，路上遇到志镇，就会叫："志镇，来，帮我把水挑回家。"这时，志镇就会乐呵呵地走过来，接过那人递过来的扁担，挑水上肩。扁担声"吱吱呀呀"一路响着，最后落在那户农家的院子里。

20世纪六七十年代，男人都要上山劳动，挑水洗衣服之类的事情都落在女人身上。女人背着孩子，挑着水，这份辛苦是可想而知的。所以，志镇帮忙挑水，对于村民来说，这是求之不得的。

不知什么时候开始，志镇的背有点驼了，头发也白了，但我还是时常见他帮村民挑水，有时也会帮忙挑稻谷。后来，我离开了玉壶。一次，我不经意地向大姑妈打听志镇。大姑妈说："是呀，好像很久没见到志镇了。他去哪儿了呢？"

依稀中，我眼前仿佛又出现了志镇挑水的情景：一双拖鞋吧嗒吧嗒地响着，脚趾有点变形，踩着斑驳的日影，担着沧桑的岁月，风里来，雨里去……

又一次踏上玉泉寺这片净土，我得知：玉泉寺已翻建了，原先的旧貌都没了。但建筑依然古香古色，院子里依然有一口水井，每年腊八节，二僧会取井水烧粥，请当地村民来吃，并为他们祈福。

玉泉寺的这口古井，犹如我儿时的一个老友。我缓缓地伸出手，握住井沿，给她一个问候："你好，好久不见，真想念你呀。"刹那间，所有的记忆都活了——井水的甘甜、二僧的善良、村民的勤劳和乐于助人，这些我总也忘不了。

随着时光的流逝，有些人、有些事、有些情终将过去。留不住的，是我们的青春年华，是时光匆匆的脚步；留下来的，是在这片土地上生活过的痕迹，是这井水留给我们的记忆，是二僧身体力行给我们留下的"心存善良，善待他人"的理念。

遥遥地，我想对当年那位年老的二僧说一声："年少的我不懂您的好意，如今我懂了，可您已经不在了……"

从蛙蟆驮田
到文五中
再到玉壶中学

谁在遥遥地
呼唤我的名字

　　20世纪80年代，从玉壶外楼樟树下往南走，沿着田间的鹅卵石古道蜿蜒前行，过玉壶镇小西侧和蛙蟆坑桥（此桥为水泥钢筋结构，在当年可以说是很洋气，故又称洋桥），只见沿途的稻子熟了，稻浪滚滚，稻香阵阵。风过处，同学们银铃般的欢声笑语散落一地，暖暖的，如洒落的阳光般明媚。举目向北，蛙蟆坑上方为鹅卵石垒砌而成的坎墙。拾级而上，一抬头，只见前方有四扇铁门，其上是4个蓝底红色大字——玉壶中学。

1992年农历正月初五，玉壶中学校友于校门口前合影

　　据《文成县教育志》记载：玉壶中学坐落于外楼蛙蟆驮田，其前身文成县第五中学创办于 1958 年 8 月，最初在玉泉寺内开展教学活动。1959 年 7 月，国家拨款在蛙蟆驮田建成教室 6 间、休息室 1 间。

玉壶中学首届高中部毕业生合影　胡克哲供图

9月，续招两个班新生，共207人，属县二类全日制中学。1961年底改名为文成县玉壶中学。1971年创办两年制高中。1985年，普通高中改为职业高中，招收电器修理职业班，学制两年。

　　玉壶中学东临塘下园（"园"发第四声，清朝时这片田垟属塘下人所有，故名），南靠下园垄（清朝时，这片土地属下园人胡从彬所有，故名），西接黄泥岗，北依三角田。从荒塘岭与象山奔流而下的象坑（在玉壶方言里"象"与"上下"谐音，故又名上下坑）、底塘垄坑和从石塔底蜿蜒而至的蛙蟆坑沿南北两侧哗哗向前，汇入芝溪。侧临水，后靠山，此地位于田垟之中，边上没有住户，空气清新，环境幽雅，是读书学习的好地方。20世纪80年代后期，随着城镇化和集约化的发展，下园垄、三角田、塘下园甚至樟墩和子母宫等地都建起了房子，蛙蟆坑上方铺上钢筋水泥成为宽阔的公路。随着时间的推移，玉壶中学变成了如今的样子。

　　2023年7月10日，为进一步厚植侨二代、侨三代的根亲意识，给广大华人华侨子女提供更加稳定和优质的教育环境，文成县华侨实验中学在玉壶中学揭牌成立。

建校舍

从潘山桥奔流而下的坑水翻山越岭直奔玉壶而来，过拔稻窟、上个坦、下个坦、古路田和外楼垟时，坑两边皆为稻田。春夏秋三季，田里青蛙的叫声犹如一场没有休止符的音乐会。玉壶人称青蛙为蛙蟆，由此这条溪坑被称为蛙蟆坑。清澈如玉的蛙蟆坑水到了玉泉寺边上，因地势低平逐渐变缓。

玉泉寺南侧约 50 米处有一块大田（玉壶方言中"大"的发音为"驮"的第四声），称蛙蟆驮田。关于蛙蟆驮田的由来有两种说法：一是说其在蛙蟆坑边上，故名；一说是该地块形似蛙蟆，故名。一位长者告诉我：从古代至 20 世纪 50 年代，蛙蟆驮田都是玉壶最大的一块田。蛙蟆驮田有多大？且听我来讲一个故事。传说很久很久以前，玉壶外楼一位员外家境非常富裕，拥有很多田地，蛙蟆驮田就是他家的。俗话说：创业难，守业更难。渐渐地，员外年纪大了，担心自己百年之后子孙守不住祖业，就想考考年幼的长孙。一天，员外带着长孙来到蛙蟆驮田，说："孙子，这块田太大了。我想把它卖了，可没人买得起呀。"长孙说："我叫人把田隔成一块块再卖，肯定有人买。"员外一听，心里咯噔一下：孙子没有想着怎么守业，反倒想着怎么卖田。自己百年之后，子孙肯定会把田地卖了。不如趁自己还健在，把这块大田和部分田地卖了，留点钱给儿孙，让他们自己去创业。于是，员外将蛙蟆驮田低价出售了。长期以来，蛙蟆驮田属外楼村民个人所有。"土改"时期，蛙蟆驮田属外村和底村集体所有。

接下来我们来说说文五中的创办。到了 1958 年，一切都"公社化"了，土地属于集体，大队办起了大食堂，人们一起吃饭，一起劳动。学校发展也出现了新趋势。据《温州市志》记载：1958 年 3 月，中央号召大办农业中学。至 1958 年 4 月 17 日，温州地区办起 177 所农业中学。《文成县志》里也有这样一句话：至 1958 年秋，文成县内有农业中学 53 所、专任教师 57 人。当时玉壶有小学，没有中学，但县城大峃有文成中学。一般贫穷人家的孩子读完小学就已经很不错了，更别提上初中。但有些家境稍稍富裕一些的人则寻思着要把孩子送到中学去，于是，有几名从玉壶区小毕业的学生便去了文成中学就读。玉壶离大峃远，唯一的一条古道就是从店桥头出发，过店楼墩、梅园、潘山桥、五铺岭、半岭、项山、大壤岭、西山岩头、大峃岭、珊门，然后过珊门桥到达文成中学，路程约有 15 千米，走得快也要花半天时间。试想：十三四岁的孩子背着书包、衣服和粮食，这一路的艰辛可想而知。由此，玉壶人要办中学。

1958 年秋，玉壶办中学了。教室在玉泉寺底个宫（以如今的玉壶镇小和玉泉寺之间的道路为界，东面称外个宫，西面称底个宫。外个宫即黄氏圣母娘娘宫和钟鼓楼），初一有两个班级，玉壶本地学生为一班，周边学生为二班，学生 93 人，教师 6 人。男生约占 4/5，女生仅占 1/5。一些家境富裕但没上过初中的人也来读，学生的年龄分布在 12 至 22 岁之间。有一位女生已结婚生子，但得知消息后也来报名就读。班里同学年龄差距大，学习能力也有差别，但这并不影响他们的学习热情。玉壶本地学生都不住校，只有周边地带的学生住校。住校男生的寝室在玉泉寺底个宫西侧"一"字形房子的一楼，地上铺几块木板就成了床铺。教师宿舍和厨房也在底个宫。家住后山的胡克灶负责蒸饭。那时只有少数人有饭盒，一般的学生都是将米倒进碗里放到蒸笼里蒸。

教师有胡体宏（教语文）、余式谦（教代数）等人。此前，文成县的文一中（文成中学）、文二中（珊溪中学）、文三中（南田中学）已经创办（一位长者告诉我，文四中就是黄坦中学，但找不到证明材料。《文成教育志》没有关于文四中的文字记载），紧接其后创办于玉壶的这所中学被命名为文成县第五中学，简称文五中。每学期开学先交书本费，学期快结束时再交学杂费。

那时候社会经济困难，学习必须与生产劳动相结合。学生在外楼垟的樟墩和下园垄等地通过割山坎草烧山灰、种田种地、压番薯藤、插秧等来维持生活。

1959 年，大壤农业中学（简称大壤农中）和周南中学并入文五中。我们先来说说这两所中学。大壤农中创办于 1958 年 4 月，校址在大壤郑家祠堂。开办之初，全乡 7 个生产队划出 100 亩土地，南坑、新联村各送来一头耕牛，办起"红专"农场，建起两个简易教室。师生半天读书，半天劳动。1959 年 1 月，大壤农中并入文五中。1958 年 6 月，周南乡校决定创办周南中学。该怎么招生呢？小学五年级和六年级进行小学升学考，成绩合格的学生升入初一（五年级学生考试合格相当于跳级），加上朱阳乡校转来的 10 名学生，一个班级有 70 多名学生。周王京任语文老师兼班主任，邢加锦任数学老师。1959 年 9 月，周南中学并入文五中，周王京也到玉壶继续任教。与此同时，叶诗斌、汪焕澄和王延岩等师范毕业生被分配到玉壶中学。如此一来，文五中初一有 2 个班级，再加上初二 4 个班级，这么多的师生，显然玉泉寺已容纳不下。

中学和小学不能挤在一起，中学应该有自己的校舍和办公楼。经多方努力，1959 年 7 月，政府拨款建文五中校舍。这消息振奋人心。校址选在哪里为好？

老一辈玉壶人都知道，玉泉寺包含外个宫和底个宫。玉壶区小1949 年迁入玉泉寺；1950 年拆钟鼓楼建成 4 间教室；1955 年又在外个宫田垟左右建砖木结构平房二幢，计 8 间教室。学生和教师宿舍都在玉泉寺底个宫。那时玉泉寺二僧少，居住在底个宫西侧的房子里，其余的房子均为玉壶区小所用。而蛙蟆畎田离玉壶区小约 50 米距离，这是最好的校址。那个年代属于集体经济，田地属集体所有，只要有需要均可以用。

一场热火朝天的校舍建设就此开始。在那个特殊时期，人人都是为人民公社劳动，学校也无须支付工钱，外楼人都来帮忙。刚开始是打地基和平整土地，干一天活然后到生产队记工分。无论是上山种番薯，还是去蛙蟆畎田打地基都一样记工分，收获粮食后，按工分和人数来分粮食。地基打完了就是垒砌地脚，这需要大量的石头。玉壶区小五六年级和文五中初一的学生负责搬石头，每天上午上课，下午陆续来到溪滩野（子母宫前方是一大片的溪滩）搬鹅卵石。力气大的抱多一点，力气小的抱少一点，人人争着往前，唯恐落后。一时间，蛙蟆畎田热闹非凡，搬石头的、挖泥土的、倒泥土的、砌墙脚的，个个忙得不亦乐乎。

建校舍需要砖、石头和木头。每到劳动课，学生就到岭头垟、蒲坑、陈山和五铺岭等地的砖瓦窑去挑砖瓦。而石灰是用竹排从温州运到营前再用人力挑回来的，此事就交给初一男生去完成。去抬石灰那一天，学生们早早吃了午饭，然后徒步经过岭头垟、后山、上店、林坑口、东坑才抵达营前，两个学生合抬一桶重 50 斤的石灰，傍晚时分才回到玉壶。由于玉壶本地树木少，所需的木板都是从李山、金星和朱雅等地背回来的。李山、金星等地离玉壶远，即使空着双手行走也会觉得很累。如今的我们已无法想象，身高与木板持平的学生是如何翻山越岭背着一块木板，一路汗流浃背到达玉壶的。至于抬梁则是从枫树龙抬过来的。枫树龙至岭头村的五十都红枫古道边上古枫树众多，枫树龙人称之为"路树"。文五中派人去砍了 4 棵高大的枫树，上村生产队和五四生产队队员都过来帮忙。有一次，28 名壮年男子抬着一截枫树干，沿着五一上村、项埠垟、上村、蒋宅、三房井、外楼樟树下、蛙蟆坑桥走到蛙蟆驮田，沿途的民众遇见都齐声喊"加油！加油"，那气势可用"壮观"一词来形容。

没有机械设备，瓦片是如何送到屋顶的呢？一位老教师告诉我，瓦片是由人阶梯式递到屋檐上的。也就是说，屋檐底下架着一架木楼梯，每两级上站着一个人，瓦片由人依次传过来，最后送到屋顶。

1960年2月，文五中第一幢房子——"工"字形教学楼（一层砖木结构，俗称工字楼）在蛙蟆驮田拔地而起。因为是在"大跃进"时期建成的，此楼又名"跃进馆"，有6间教室和2间休息室，内部设施还没有到位，到处弥漫着一股新鲜木头、石灰、砖瓦混合的气味，师生们的高兴劲儿却是无以言表。文五中终于有了属于自己的校舍，成为一所独立的中学。

之后，玉壶中学在工字楼西南侧建了前进楼（因为上下课的钟声是从这栋楼的二楼响起的，又名钟楼）。20世纪七八十年代，教

20世纪70年代的玉壶中学（左为两层楼，中为工字楼，右前方为前进楼）　胡晓文摄

20世纪80年代的玉壶中学解放楼、厨房、车间楼和教师宿舍　玉壶中学供图

办楼（此楼没名称，因玉壶教育办公室在这栋楼里，故名）、车间楼、解放楼、两层楼、实验楼和三好楼陆续建成。玉壶中学有了车间、教师宿舍和学生宿舍。1979年，玉壶中学师生有了属于自己的厨房。

　　玉壶人一说起玉壶中学，必定会提到这个带有标志性的建筑——工字楼，其以敦厚的存在感固化在玉壶的历史上，以创建者的艰辛和努力告诉我们曾经的那段故事。1982年我上初一时，工字楼还在，只是其中有一间教室墙面被砸出一个大洞，学生上体育课跑步时可以穿过去。

　　白驹过隙，许多故事已经落幕，但有些精神永远留存。60余载前，所有参与建设文五中的外村人、学生和教师，特别是那些怀抱石头、身背木板、肩扛枫树干的身影已深深地刻录在文五中的历史上。他们的努力、坚韧、坚持与执着都被留在历史的长廊上，成了蛙蟆驮田永久的记忆。这是一段不怕艰难困苦的历程，如同一部奋斗史。

玉壶中学的月光下，你来过，我来过，她来过，他来过。如此，我们、你们、他们便留下了痕迹。

师生情

平凡普通如我们，200 年甚或 300 年后，如果还能在玉壶历史上留下一丝痕迹，那完全是某些偶然的原因。在这里，我想用手中的笔记下曾在玉壶中学这片土地上生活过、学习过的几个身影。

文五中创办之初，暂由玉壶区小管理。1960 年 2 月，在瑞安市教育局工作的李玉林前来玉壶任文五中校长（即首任校长），黄体厚任副校长，学校成立了党支部。

文五中教师认真教学、吃苦耐劳，赢得了玉壶人的好评。那个年代很多家庭都很困难，许多家长认为读书费钱。如果是女儿，干脆就不让上学；如果是儿子，读几年能认得几个字就行了，因为参加劳动可以减轻家庭负担。如此一来，辍学的学生非常多，但老师总会想方设法挽留。每逢周末，文五中的教师就会走过田间地头或翻山越岭去动员学生复学。

1960 年秋季的一天，家住东背孙山的胡振广（刚上初一）正在家中学习，生产队会计拿着一张纸条走了过来说：“你已经上初中了，看看能不能认得这些字？”胡振广接过纸条，只见上方写着稻谷几斤、番薯几斤，下方写着“番薯藤”三个字，但这个“藤”是简体字，草字头下方加一个“丸”字。胡振广说不认得。其父本就因家境贫穷不愿意让儿子读书，这下更是勃然大怒，说这是“藤”，这么简单的字都不认识，还读什么书，下周不要去上学了。因为胡振广一整天没来上学，班主任胡泽夫当天下午放学后沿路打听来到孙山，见

1963年，玉壶中学第三届初中毕业生合影　玉壶中学供图

到胡振广后，问为什么不来上学。胡振广说出原委。胡泽夫转过头对胡振广的父亲说："我是老师，草字头加上'丸'是'藤'字的简写，你不说我也不认识。无论学识多么渊博，总有不懂的地方。要想让孩子有出息，一定要让他读书。明天让孩子来上课。"看着胡泽夫汗涔涔的脸，胡振广的父亲颇受感动，表示次日就让儿子来上学。此时天色已黑，得到肯定答复后，胡泽夫打着手电筒下山回学校。由此，胡振广重新得到了上学的机会。在学生眼里，胡泽夫平易近人，教书认真，处处为学生着想，是难得的好老师。

　　为解决粮食困难，文五中教师组织发动学生自力更生，去砍柴、割草、种番薯和稻谷。有好几次，全校师生到40里外的朱雅乡汤垟村挖山蕨根，捣碎后去渣，洗出淀粉当作粮食充饥。1960—1962年，因"大炼钢铁运动"，玉壶本地树木被砍伐殆尽，柴草被割光了，山上光秃秃一片，师生们只得去偏远地方割草，比如八角潭和外坑。全校师生一起行动，低年级和高年级都去。初一的学生走那么远的山路后，如何挑得动柴草？于是老师们想出了一个办法：让初三的学生割了柴草早点回玉壶，再到蒲坑和上垟岭等地接应初一学生。

20世纪60年代，一批大学毕业生——赵唐稀、岑虎、蔡权铭、曾春英、伍树声、陈梅蕾、王大洲等服从组织分配来到玉壶中学任教。岑虎是数学老师，兼教物理，对理解能力强、有独特解题方法的学生会及时给予表扬，比如在学生作业本上连写三个"好"，再加上三个感叹号，借以激发学生的学习热情。岑虎还常常布置一些课外题，培养学生的思维能力。一位名叫赵岳舟的历史老师学识渊博，上课从不带书，知识全装在脑袋里，只捏着一支粉笔，上起课来生动形象，板书工整漂亮。在他的课堂里，每个学生都全神贯注地听课，不舍得开小差。其间，周乾、赵青云、刘际松、赵钦满、温亦明、王功品等教师分别从珊溪中学、南田中学和文成中学调入玉壶中学。赵青云是副校长兼语文教师，古文功底深厚，讲课语言风趣，从教书育人到狠抓教学质量都全身心地投入，深受学生的喜爱。值得一提的是，一个名叫蒋静秋的女孩1965年从清华大学毕业后来到玉壶中学教授数学，20世纪70年代调往文成中学，后调到上海。这些教师大都来自外地，温州、宁波、丽水、庆元、缙云等地都有。每年开学前一天，教师们陆续坐车或乘大岙艇到达大岙、营前等地，每人挑着一担日用品，一头是一只木箱或皮箱，装着衣服和洗漱用品，另一头是书和资料。大岙到玉壶没有公路，只能步行。周乾和赵青云等人会在头天约好挑夫（外楼有好几个挑夫），让他们次日赶到大岙珊门或大岙街等候。挑夫们挑着重重的行李，教师们拎着轻便一些的日用品，一路翻山越岭来到玉壶中学。挑工费由玉壶中学总务处报销。因路途遥远，大部分教师都是寒暑假才回家一趟。他们教学经验丰富，全身心扑在教育事业上，一时间学校学习氛围甚是浓厚，教育教学质量得以全面提高。

1971年，玉壶中学创办高中，有了英语课程，季荣耀和沈洪宝等人因专业对口被调往玉壶中学。当年上大学的方式是推荐，上头有招生指标分到各个公社。公社按照学习成绩、政治思想和家庭成分等拟定推荐学生名单，被推荐学生在指定的时间到文成中学参加笔试，然后是政审，最后确定入围名单。胡凤英考上浙江大学。胡立同、罗最荣等人则进入师范院校，上学期间学费、生活费全免，毕业后按"从哪儿来，到哪儿去"的原则，回到当地充实教师队伍。

1984年，玉壶中学教师合影　冰心润玉壶8424群供图

从建校至 20 世纪 80 年代初，玉壶中学都没有围墙。外楼人去底塘垄、解板坦、天井窟等地种田种地都要经过玉壶中学操场，于是就出现这样一幕场景：村民挑着山灰或番薯箢急匆匆走过两层楼下方的门洞，穿过操场，然后从解放楼的门洞走出去。有时候，也有村民赶着耕牛慢悠悠地从操场的这头走向那一头，往学校南面的底塘垄走去。那时候还有一种特殊的假期——农忙假，每学年两次，一次是掘番薯山时，一次是晒番薯丝时，每次放假两周（1984 年 11 月玉壶中学放农忙假，因为交通不便，家住温州市区的丁春民、邓文达、董中华、柯小敏四位教师徒步从玉壶出发，走了 81 千米，经过 21 个小时才回到家）。金星、朱雅、吕溪等地学生还有山茶假，假期三五天不等。

20 世纪 80 年代初，柯小敏、吕英强、蒋雪龙、丁春民、陈美华、郑恩松、叶志泉、郑乐平、冯晓明、吕佳禾和张丽珍等多位师

20世纪80年代，玉壶中学教师
吕英强（左）和柯小敏（右）

范毕业生被分配到玉壶中学。其时，师资力量雄厚，教风好，学风正，学校处于蓬勃发展之中，每年都有好几名学生考上中专或大学。

那时候学生蒸一顿饭或打一瓶开水都是一张饭票，一张饭票2分钱。寝室里每天安排2名值日生负责打扫卫生和抬饭，同寝室的学生要把饭票交给值日生。早晨，学生把装了番薯丝或米的饭盒放到走廊的一个铁架子上，两名值日生抬着铁架子下楼，走过操场到了厨房前方的水塔下，打开水龙头洗番薯丝或米，给饭盒装上适量的水，抬到厨房里。下课后，值日生把铁架子连同饭盒抬回寝室。住校生能吃到的最好的菜是菜心（玉壶方言，指腌制的芥菜，亦称咸菜或埤菜）炒肉。家境好的学生每周有一罐头瓶的菜心炒肉。

那时候一周上五天半的课。每到周六中午，很多学生为了省下中午那张饭票，就饿着肚子走10多里山路回家，这样一周的饭票只需3角2分。每到周日下午，大壤、周南、上林、金星、朱雅等地的学生陆续返校：有人手上拎着一袋米，篮球袋里装着一罐头瓶的菜心；有人肩上挑着书包和大米，手上还拎着一袋衣服。一些女生背着米走远路太吃力，会让同村的男生帮忙，由此经常能看到这样一幅画面：一名男生挑着几个布袋，步履轻快地走过操场，几个女生在后面跟着。这画面或许就是那个时代的特色吧。

每天晚自习下课后，家住外楼樟树下的式广婆（其老公名叫式广，因辈分大，我们都称之为式广婆）挑着一担装着菜汤、馒头和油条的水桶来到校园里，站在两层楼的一楼门前，水桶前方放着一盏煤油灯。同学们呼啦啦地围了过来。大饼1角钱一个，馒头6分一个，油条4分一根，菜汤2分一碗。一时间，这里声音嘈杂。没钱买吃食的学生只能静静地躺在床上，连话都不敢多说，直到月亮挂上寝室那简陋的窗口，才在不知不觉间睡着了。

男生寝室在两层楼一楼，女生寝室在三好楼三楼。1986年9月，

1984年，玉壶中学部分教师合影　冰心润玉壶8424群供图

因为高一男生住不下，所以三好楼三楼西边的寝室也划给男生。三好楼男女生寝室之间仅砌了一堵砖墙，且顶部没有全封闭。年少气盛的我们容易吵架。一次中午吃饭的时候，一名男生站在自己寝室门口，大声呼喊我们寝室一个长相漂亮的女生姓名。该女生大声责问："凭什么叫我的姓名？"一来二去，双方竟吵起来了。气急了的女生抓起一把饭从砖墙上方扔了过去，只听到对面"哄"的一声，人全跑了。过了一会儿，那边也扔过来一大团饭，我们也逃了。不服气的我们又舀来一瓢水泼过去，那边的男生就把菜扔过来。我们用力敲打墙壁，男生则站在凳子上把一脸盆的水往我们这边泼过来。一时间，寝室门口满是饭菜和水。年少无知，不懂退让。"在年生里，我们因无知荒唐而美丽着。"男女生吵架，这也是学生时代的美好回忆吧。

1988年玉壶中学排球队教练和队员　玉壶中学供图

　　在玉壶中学住校的那段日子正是我的少年时期，每天打球奔跑嬉闹，总觉得肚子很饿。学校边上的朝青山、水塘背和下园垄等地种着各类庄稼，有番薯也有萝卜。有时实在饿得不行，我就和同桌趁着傍晚天色渐黑之际，跑到学校西侧的黄泥岗挖番薯充饥。黄泥岗顶有一块田，名曰牛皮田。顾名思义，牛皮田里的泥为黄泥。到了旱季，黄泥硬似牛皮，挖一锄头，不碎，挖两锄头，仍然不碎。黄泥岗上有一个水塘——潘基湾水塘，水深深的，水塘边长满鱼腥草和芦苇，麻雀站在苇叶顶端，叽叽喳喳地呼朋唤友，然后溜到芦苇根部嬉戏，发出窸窸窣窣的响声。此地多芦苇，且在黄泥岗的山腰，故名芦腰。水塘上方有番薯地，村民在这里搭建番薯坦，挖了番薯盖上稻草。我们就趁这机会去偷几个番薯跑到上下坑里洗了直接吃。

1982年，玉壶中学学生参加县广播体操比赛合影　胡立亚供图

　　每到秋季，学校边上的黄泥岗、朝青山、天井窟、解板坦一带贴地生长的地稔果成熟了，紫黑紫黑，酸酸甜甜的。中午或傍晚有空闲时，我和几个同学相约上山采摘，一把一把直往嘴里塞，手上脸上全都紫黑紫黑的。大家相视一笑，匆匆忙忙跑回学校，到厨房边上的水龙头那里漱口、洗脸、洗手，然后一溜烟跑回教室。

　　20世纪80年代中期，一位名叫碎珠的师母给众多学生留下深刻的印象。那时的碎珠年过三旬，高高的个子，两条辫子又黑又长，脸上常挂着亲切的笑容，语调非常轻柔，让人一见就特别心安。碎珠是教师家属，因学校食堂里缺人，就让她过来帮忙烧水蒸饭。每次我去打开水，她都会对我笑。有些调皮的男生自己不蒸饭，却偷偷拿女生的饭盒。有好几次，我的饭盒丢了，站在厨房里久久不愿

玉壶中学八八届高二毕业生合影　　胡永楚供图

离去，一边找，一边带着哭腔问："师母，我的饭盒呢？怎么没了呀？"
碎珠总是很温和地说："慢慢找，应该会找到的。"她也会帮忙四处
寻找，但总是一无所获。"先回去吧，囡。找到了我就告诉你。"碎
珠依然温和地笑着。我烦躁的心稍稍平复了一点点。由此，我特别
希望能经常看到她。我常常站在三好楼的教室门口，期待碎珠出现
在操场上。只要她一出现，我的目光就会黏在她身上，落在她双手
紧紧攥着的两个开水瓶上，目送她慢悠悠地走过操场，向校外走去。

　　如今，玉壶中学校友侨居荷兰、法国、意大利、比利时、英国、
奥地利、德国、西班牙、葡萄牙、日本、美国等 20 多个国家和地区，
可谓是"桃李芬芳遍天涯"。他们中有享誉海内外的知名侨领，也有
驰骋商场的实业家，为增进国家与地区之间的友谊和世界各地的经

济发展做出了卓越的贡献。更加难能可贵的是，他们身在异乡，但心系家乡，积极参与玉壶中学建设。

时光的花开了又谢，匆匆流年将记忆冲刷成一片斑驳。纵然许多往事已经模糊得难以辨认，但我依然能清晰地记得实验室里的瓶瓶罐罐、泥泞不堪的大操场，以及晚自习后依然点着蜡烛奋笔疾书的身影。南风徐来，耳边传来既熟悉又陌生的上课铃声，那奔跑雀跃的身影，那挥洒汗水的足球场，那黑板上沙沙不停的板书声以及窸窸窣窣的翻书声，一切都是那么美好。

许多历史都是由片片记忆拼凑而成，记忆中包含着许许多多的身影和声音。这里写的都是碎片化的往事，零乱、散漫，但却是真实的记录。

五七厂

玉壶中学曾办过工厂？是的，那是五七机电厂，简称五七厂。

即使隔着40多年的岁月，我仍想沿着光阴的足迹缓缓走进玉壶中学五七厂，听一听20世纪70年代那段用艰辛、坚韧与努力写就的历史，感受那样一批人所在意所坚持的独立、创造和执着的精神与风骨。走吧，我已轻轻回拨岁月的指针，俯身捡起些许斑驳的往事。

翻开《文成教育志》，得见如下记载：1971年，玉壶中学创办机电厂，生产平板仪和水准仪；1974年改名为"玉壶中学五七机电厂"，聘请温州师傅3人，购置C617车床1台，自己仿制4台，招收固定工4人、临时工26人。产品截止阀门（又称截门阀，属于强制密封式阀门，用于地下管道的自来水和油田的启闭）远销牡丹江、乌鲁木齐、自贡等地。1977年，玉壶中学举办全县中小学校长参加的勤工俭学现场会议。1971—1977 年，玉壶中学五七厂生产总值 22 万元，创利润 6.5 万多元。赚取的钱用于修建 130 平方米的厂房和 800 平方米的师生宿舍，并为住校生添置 200 顶蚊帐和 100 张铁床。

玉壶中学五七厂的创办与时势有关。据史料记载：1966 年 5 月 7 日中央下达《五七指示》，学校不仅要教学生学政治学文化，还要开展农副业生产，办一些小工厂。1971 年，文一中开展勤工俭学活动，与县农机厂挂钩办起机械厂，生产切纸机 36 台、台钻 50 多台，产值 18.4 万元。此后，文成县各校相继开展勤工俭学。

人家能做的事我们也能做。玉壶中学也琢磨着要办机电厂，那谁来管技术呢？时任玉壶中学校长的赵青云想到了周志道。周志道是西坑坳底人，1949 年毕业于温州工业学校机械专业，车工、刨工、铣工、钳工样样都能上手；1958 年他从周南小学调到玉壶区工办，参与漈门坑水电站和门前垟水电站建造，所有与机械设备相关的技术工作都是在他的指导下完成的；1962 年，周志道任教于玉壶区小；1971 年 9 月，经赵青云要求，周志道调到玉壶中学全面掌管机电厂。

周志道
周孔泉供图

办厂就要先选厂址。刚开始，厂址选在工字形房子西侧右边的那个教室。厂址有了，还需要解决两个难题：一是资金，二是帮手。当年学校将所有的钱都拿了出来，但还远远不够，时任副校长的胡立松家里有些许余钱（其父在意大利开餐馆，会寄钱回国贴补家用），就说服妻子先借给学校。后来机电厂赚了钱，学校才把钱还给胡立松。时年，家住上村的彭福平初中毕业，刚满 16 岁，因动手能力强且平时喜欢钻研修理机器而被周志道看中，留在厂里帮忙。

赵青云向县教育局要求：玉壶中学需要一台 C617 车床，用于"车"各种零件。过了几天，县里通知赵青云派人去大岙把 C617 车床抬走。玉壶至大岙的公路于 1973 年通车，在此之前，要想把车床从大岙运到玉壶必须靠人力。赵青云和周乾雇了厨师阿法等 20 名年轻力壮的男子，由周志道带队，一行人凌晨从玉壶出发，一路跋山涉水前往大岙。他们将机床的部件拆分为五大块——车头、床身、大拖板和两只脚，有人扛，有人抬，有人背；电机则由多人抬着。其间，有人抬不动就换人。大家互相帮忙，沿着崎岖的山路一步一步地走着。由于床身面积大无法抄近路，到达三官亭时，只能沿着梅园、店楼墩、店桥头、外楼樟树下、玉壶区小，然后从学校大门进来。那天到达玉壶中学时，天已经全黑了。但所有人都兴奋异常，五七厂终于有机床了。

五七厂生产什么呢？县教育局指示先做平板仪。平板仪是一种传统的野外测量仪器，能同时测量地面的平面位置和点间高差，由平板、照准仪、基座和方框罗盘、对点器和独立水准器组成。平板由木料制成。20 世纪 60 年代"大炼钢铁运动"后，玉壶本地不要说是树木，就连茅草也很少，山上光秃秃的一片。于是金星、朱雅等地的村民就到深山老林里砍树木，再劈成约 1 厘米厚的木板背到玉壶中学出售。底村村民胡儿丁是木工师傅，被下放到农村。赵青云和周乾就请胡儿丁到五七厂来做平板，工资是 1 元 6 角 / 天。一块平板由三块木板黏合而成，下方的各种零件则由 C617 车床"车"制而成。所有零件制作完毕后需要有人来组装。刚开始，玉壶没有人会组装平板仪，赵青云就去瑞安招收工人。因为人手不够，五七厂也让一些刚毕业的学生来帮忙。余序旦、胡宏章、余序闹、胡绍超等都在五七厂待过，1971 年每月工资是 15 元，1977 年每月工资是 25 元。经过一段时间的学习，玉壶人也能熟练进行组装。

20 世纪 70 年代，许多学校都在兴建校舍，一些地方要竖起电灯柱来架设电线，这些都要用到平板仪。平板仪可用于测量相对于水平位置的倾斜角、机床类设备导轨的平面度与直线度、设备安装的水平位置和垂直位置等。比如当年玉泉寺至外楼樟树下之间要竖电灯柱架设电线，电灯柱到底立在哪个位置直线距离最短？五七厂生

玉壶中学五七厂生产的平板仪　玉壶中学供图

产的平板仪都能测出来。

平板仪生产出来，怎样运到外面去？外楼岩坦碰有一个竹筏停靠点，赵青云和周乾雇筏工将平板仪运到温州教育局，再按需分配到全市各个学校。后来，五七厂也生产水准仪。每次赚来的钱除去材料费和临时工的工资，其余的都归学校。因为需求大，产量也相应地增大，所赚的钱也多。1975 年，玉壶中学用五七厂所赚的 5 万元购买了工字楼南侧的地块，建起两层砖木结构的前进楼。

其后，学校又购买了 1 台电焊机、3 台 C617 车床和 1 台电机钻。在当时的技术与设备条件下，铸造生产的劳动环境是相当艰苦的。

当年是计划经济，按计划生产，按计划销售。20 世纪 70 年代中后期，社会上出现了带有电子计算器的电子水平仪，此后玉壶中学五七厂生产的平板仪便很少有人购买了。

后来，车间搬到前进楼西侧的一楼。与此同时，黑龙江和新疆等地进行油田开采，需要大量的截止阀门。随着设备的完善和人员的增加，五七厂开始生产截止阀门。产品该如何销售出去？谁来销售呢？话说周志道隔壁（玉壶塘下街）一户人家有两个养子——赵典荣和赵典贵：赵典荣聪明伶俐，忠厚正直且能说会道；赵典贵是工科生，懂机械设备。两人均在"上山下乡"运动中到黑龙江支边。赵青云就向温州市教育局提出要聘请赵典荣和赵典贵来玉壶中学。经多方努力，赵典荣和赵典贵结伴前来，赵典荣当推销员，赵典贵当车工。因为曾在黑龙江待过，赵典荣就到黑龙江和乌鲁木齐等地跑业务，凭着一张能说会道的嘴和真诚的态度，那里的学校、工厂和油田订购了好几单生意。赵典荣很能干，出差到外地一去就是 10 天、20 天甚至 1 个月，一回到玉壶中学，立即换上工作服帮忙"车"零件。此时五七厂工作人员有周月华、胡金凤、彭福平等 6 人，因为订单多，有时为了赶货，需要通宵达旦地干。截止阀门组装完毕，放进木箱钉好，雇人抬到车站，长运公司再派来车辆将货物运往目的地。有一次，周志道前往内蒙古、新疆和辽宁等地催讨货款，一待就是 1 个多月。就这样，玉壶中学五七厂效益越来越好。1977 年，玉壶中学用五七厂赚来的钱买了前进楼西侧地块，建起砖木结构的解放楼。

"文革"结束后，赵典荣和赵典贵回到温州上班。没有销售员，产品销路不通，资金也短缺，鉴于以上几种原因，20 世纪 80 年代初，玉壶中学五七厂停办。那些闲置停运的设备被淘汰、被遗弃，如今已难觅踪迹。那些曾浸润过五七厂人汗水、创造过显著辉煌、凝聚过五七厂人智慧结晶、曾为玉壶中学建设做出贡献的车间楼、车床、大拖板已经被历史湮没了。

"玉壶中学的历史一定要留下周志道、赵青云、胡立松和周乾的姓名，这四位教师清廉正直、不谋私利、一心为公，全身心投入玉壶中学的建设和发展之中。他们的故事说也说不完。"采访中，一位老教师特意交代要记下这句话。是呀，过去的一切不会随着工厂的消亡而不留痕迹，那就用几行文字和几张图片来记录吧。

玉壶中学五七厂已然消失，但其曾经的辉煌和曲折，以及留给后人的那一个个历史瞬间、那一道道埋头苦干的背影至今令人记忆犹新，它们都成了玉壶的记忆，不会消亡。

历史的长风一吹，有些人、有些事、有些景已悄然走远。迎着秋天的最后一缕柔风，我站在玉壶中学这片土地上，已找不到旧时的校舍：工字楼没了，解放楼没了，前进楼没了，两层楼没了……取而代之的是胡立正教学楼，胡克聪教学楼，程延林科学楼，梅花叶综合楼以及胡克胜、周奶荪琢玉楼，胡建微、周阿荼笃学楼和华侨图书馆，它们晕染着深秋最美的阳光，静静地矗立着。在华侨图书馆一楼的墙壁上镶嵌着一块青石碑，正上方刻着"华侨图书馆捐资纪念碑" 10 个大字，下方有"胡志榜 16521 元，胡克春 3290 元，胡守钊 1974 元"等字样。一切的一切都是那么美好。

文成县华侨实验中学揭牌成立　　刘建丰摄

蛙蟆驮田——文五中——玉壶中学，这 3 个在时间长河中逐渐演变的名字串联起这片土地上发生的所有故事。无论岁月如何流逝，无论世事如何变幻，这里的历史都将一再地被玉壶人提起，一再地被玉壶人审视，一再地影响着一代又一代玉壶人。

玉壶是侨乡，由于种种原因，近年来玉壶的初中教育面临着十分艰难的局面。2023 年 4 月 14 日，县主管部门向事业单位登记管理机关申请玉壶中学注销登记。此消息在玉壶引起强烈反响。在海内外侨胞、广大乡贤的共同努力和县委、县政府的高度重视下，玉壶中学得以恢复，并在此基础上筹建文成县华侨实验中学。原温州科技职业学院继续教育学院院长陈家斋出任文成县华侨实验中学筹备组组长，重新组建管理团队和师资队伍。这里的学子通过华侨生联考可能比参加普通高考更容易考上重点大学。我们期待这里培育出更多的国际化人才。

玉壶中学，许你拥抱未来，耕耘与汗水在这里谱写辉煌；莘莘学子，愿你们勤学苦练，理想和成功正在前方招手相迎。

后记　潜心写玉壶

老舍先生曾说：我生在北平。那里的人、事、风景、味道和卖酸梅汤、杏儿茶的吆喝声，我全熟悉。一闭眼，我的北平就完整地像一张色彩鲜明的图画浮立在我的心中。

我就套用先生的这段话：我生在玉壶。这里的人、事、童谣、俚语和卖额笠、凉腐的吆喝声，我全熟悉。一闭眼，我的玉壶就完整地像一张鲜活的图画展现在我的眼前。

故乡让每个人魂牵梦萦。我的故乡玉壶位于文成县境北部，与普通乡镇别无二致，有青山，有秀水，有老街，有古庙，也有独属于自己的方言……我是玉壶的女儿，女儿对母亲的依恋是必然的，是无法用语言来表达的。

一

自2019年10月以来，我的散文创作定点在玉壶。近5年的时间，我写了50多篇有关玉壶的文章，涉及家族、古迹、河流、大山、俚语、歌谣、风俗等方面的内容。有 20 篇文章收录在《旧时光　很玉壶》一书中并已出版发行，另有 13 篇文章结集在《玉壶令》一书里。

　　《玉壶令》一书的出版是有机缘的。这机缘有两方面：一是"淡墨文成"公众号的邀约。该公众号致力于推广乡土文化散文，这是动力。团队里的成员互相鼓励、携手同行，这给了我写作的底气。二是父老乡亲的支持。在我写玉壶乡土文化的过程中，洪才虎、胡允革、胡立同和王夏叶等众多乡贤告诉我："你要努力，好好写写玉壶的历史。如果你再不写，玉壶的很多历史故事就会消失，后人也就很难得知。因为在现代化和城镇化的浪潮中，有些古建筑和古遗址已渐渐被人遗忘，渐渐消失了，所以你要抓紧时间，能走则走，能看则看，能记则记。也许 100 年、200 年或 1000 年以后，有人读到了你的文章，就知道当年这片土地上有这样一处建筑，有这样一条老街，有这样一口水井，有这样一个美丽的传说，有这样一句流传广泛的俚语。那是你应该感到欣慰的。"我谨记着，也努力着，并希望以后能有更多的人理解和支持我。

　　我做事做人喜欢专一，一生专注于一件事或一个人，努力做好这件事或善待这个人，即使撞了南墙，头破了、血流了，也值了。这几年我就专注于写玉壶，以玉壶的历史文化传统为依托，挖掘老李山、老林龙、老叶寮、老外楼的历史文化，希望这里的每一处古迹、每一个家族、每一条河流、每一座大山都能得到或多或少的文字记载，从而留在历史的长河里，留在世人的记忆中，并且试图写得稍稍耐读一些，这也算是我送给玉壶的一份礼物。

二

下乡采写这些文章确实很辛苦，我前期采写的地点都在玉壶本地。玉壶本地的外村、底村、中村和上村是连在一起的，路的南侧是外村，路的北侧是中村。我只要到了玉壶，就能轻松步行至外村、中村、底村。

随着时日的推移，我采写的地点逐渐转向玉壶周边大山里的村庄。记得有一天，两位村民陪我去枫树坪的龙井采风。我发现最下方的金鸡潭位于峭壁之上，站在上方的酒缸潭边上根本就看不到。一位村民很轻松地顺着石壁往下爬，我以为自己也能下去，就带着相机在后面跟着。但石壁实在太陡峭，我爬到一半，手脚就颤抖了。当时我是既上不去，也下不来，我紧张得说不出话来。村民见状也害怕了，赶紧往上爬到我附近，把手放在石壁上，让我踩在他的手边上。我抓住石壁上的一棵小树努力往回爬。我这才意识到，长期住在这里的人，爬石壁就如走平路，而对于我这样一个生在玉壶长在玉壶的人来说，实在有点自不量力。我好不容易站在一处稍凹的地方，拍下一张金鸡潭的照片，又赶紧爬到上方的平坦之处，心怦怦直跳。我告诉自己：今后再也不敢爬石壁了。

父老乡亲很热情，给了我诸多帮助。采风过程中，村民都很乐意给我带路去寻访古迹。一次，一位78岁的长者带着我去看叶坪的盘古洞。路上杂草丛生，长者一边走，一边用柴刀砍树枝杂草，只为让我好走一点。有时到了饭点，我就在村民家中吃饭。为此，我也不知道吃过多少人家的饭了。

辛苦并快乐着，这是我在玉壶采风的真实感受。

三

令人欣慰的是，《玉壶令》被纳入 2024 年度文成县文化精品创作扶持项目，在此谨向文成县委宣传部致以深深的谢意！此外，《玉壶令》成书过程中，得到了父老乡亲及亲朋好友的帮助和支持，在此一并表示感谢。

记得有一次，我跟玉潭老师聊起常常独自一人下乡采风。本来笑容灿烂的玉潭老师一下子严肃起来，语速也加快了："我们采写文章都是集体行动，去山里采风必须要找一个人陪着去。实在找不到人，就由我开车陪你去，你付路费给我。要是觉得不好意思，就付双倍的路费。"才虎叔也曾对我说，在玉壶无论遇到什么困难，都可以去找他。玉壶镇党委委员钟希英一而再，再而三地告诉我："任何时候，你需要有人陪着去采风，都可以来找我。"我知道，他们都很关心我。在此，我谨向他们表示深深的谢意。

感谢见忘（旺旺），我的第一本散文集《旧时光 很玉壶》的序就是他写的。亲戚朋友告诉我，只有对我相当熟悉的人才能写出那样的序，静静的、柔柔的、轻轻的、缓缓的，娓娓道来，犹如老友在说话，能直抵我们的内心深处。本书成稿前，我又找旺旺。旺旺依然没二话。丑哥曾经戏言：照此下去，旺旺将成为写序专业户了。

最后还想说一声，感谢好友张嘉丽，是她"连哄带骗"让我重新拿起笔，一篇又一篇接着写。张嘉丽曾经鼓励我："创作永远不会迟，只要你肯写，你一定能行。"散文集《玉壶令》的出版，说明我正在创作，还能创作。

感谢每一个关心我、支持我的人，感谢所有被我打扰过的人。

胡晓亚

2024 年 6 月 20 日于大峃